Poets across Time and Space: American Poetry Meets Science

時空をかける詩人たち

文理越境のアメリカ詩論

Takaomi EDA
江田孝臣

春風社

時空をかける詩人たち

文理越境のアメリカ詩論

目　次

「作品の死後の生は、被造物の死後の生などより、
　比べものにならないほど認識しやすいといえるのではないか」

（ベンヤミン「翻訳者の課題」、山口裕之訳）

序章

時をかけるエミリ・ディキンスン

（1）"Because I could not stop for Death -"（F 479 / J 712）

ここで取り上げるのは、ディキンスン作品中もっとも有名な詩
（1862 年清書）である。

　この作品については拙著『エミリ・ディキンスンを理詰めで
読む』（春風社、2018 年）で論じた。その後、共著『私の好き
なエミリ・ディキンスンの詩 2』（金星堂、2020 年）では、前
著の論をもっとコンパクトで読み易いエッセイに書き直した。

　アメリカや日本で流布している解釈を覆し、まったく新たな
解釈を打ち出したつもりである。ディキンスンの詩はほとんど
がそうだが、解釈の正しさを裏づけてくれる書簡等のエヴィデ
ンスは存在しない。だが、筆者は自分の解釈に自信を持ってい
る。なぜなら従来の解釈より文法上の無理がない上に、より単
純で字義通りの読みだからである。

　スコラ哲学に由来する法則に「オッカムの剃刀」（Occam's
razor）と呼ばれるものがある。これは文学批評的には「単純な
解釈は複雑な解釈にまさる」と言い換えられる。つまり複雑な
解釈と、より単純な解釈が並立する場合には、より単純な解釈
が正しいということである。*Simplex sigillum veri*（simplicity is the

sign of truth）という言い方もある。

　それに何より、こちらの解釈の方が詩を面白くすると信じている。今回は、筆者による解釈の延長上で、理系的な「遊び」をやってみよう。

F 479 / J 712

Because I could not stop for Death -
He kindly stopped for me -
The Carriage held but just Ourselves -
And Immortality.

We slowly drove - He knew no haste
And I had put away
My labor and my leisure too,
For His Civility -

We passed the School, where Children strove
At Recess - in the Ring -
We passed the Fields of Gazing Grain -
We passed the Setting Sun -

Or rather - He passed Us -
The Dews drew quivering and Chill -
For only Gossamer, my Gown -
My Tippet - only Tulle -

We paused before a House that seemed
A Swelling of the Ground -

The Roof was scarcely visible -

The Cornice - in the Ground -

Since then - 'tis Centuries - and yet

Feels shorter than the Day

I first surmised the Horses' Heads

Were toward Eternity -

私が死のために止まれなかったので／死が親切にも私のために止まって
くれた／馬車に乗っているのは私たちだけ／それと不死／／私たちは
ゆっくり馬車を走らせた／彼は急いでいなかった／私は放り出してい
た、労働も余暇も／彼の親切に応えて／／私たちは学校を過ぎた、子ど
もたちが／休み時間に輪になって競っていた／こっちをじっと見ている
穀物畑を過ぎた／沈む太陽を過ぎた／／いやむしろ、太陽が私たちを過
ぎた／露が降りて震えと冷えを引き寄せた／私のガウンは蜘蛛の糸織り
／私のショールは薄絹だった／／私たちはいったん止まった／地面が盛
り上がったような家の前で／屋根はほとんど見えない／蛇腹は土の中
／／あれから何世紀も経ったのだ、でも／あの日よりも短く感じる／馬
の頭が「永遠」に向っているのだと／最初に私が思ったあの日よりも

　以下に、この詩の内容を散文で簡潔に要約するが、最初の4
連については従来の解釈とそれほど変わらない。大きく異なる
のは第5, 6連の解釈である。従来の説を「埋葬説」、筆者の説
を「時間超越説」と呼ぶことにする。

第1〜4連
あるとき「死」（死神）が馬車で「私」を迎えに来た。「私」に
は死ぬ心構えがなかった。だが、「死」があまりに親切で礼儀正
しかったので、「私」は断ることができず、「労働も余暇も放り

出して」、つまり人生を途中で放棄して、つい馬車に乗ってしまった（「労働」は家事、「余暇」は詩作）。馬車には「私たち」のほかにもう一人、「不死」（"Immortality"）と呼ばれる存在が乗っている（この「不死」は若い男女の付き添い役）。普通、性急に死者を運び去るはずの「死」は、急いでいなかった。馬車は「学校」の前を通り、広大な穀物畑の中の道を軽やかに進んでいった。時間はあっという間に過ぎて、日が暮れてしまった。「私」は薄着のままだったので、夕暮れの寒さが身に沁みた。

第5, 6連
［埋葬説］（従来説）
「私たち」は、「地面が盛り上がったような家の前」で止まった。「私」の墓である。「私」はそこに埋葬された。何世紀もが一瞬のうちに過ぎたが、「私」は未だに墓の中で〈永遠〉に向かう旅を続けている。

［時間超越説］（江田説）
「私たち」は、「地面が盛り上がったような家の前」で一時停止した（"paused"）。それは「私」が住んでいた家だった。紳士的な「死」は「私」を自宅に送り届けてくれたのだが、家は倒壊し朽ち果て、土に還りかけていた。それを見て「私」は数時間のデートの間に、何世紀も経過したことを知った。帰る場所を失くした「私」は再び「死」と共に、永遠に続く楽しい馬車のデートに出かけた。

　詳細な説明は控えるが、従来説は"House"を墓のメタファーとし、筆者の説は"House"を字義通りに解釈する。その点でよりシンプルな解釈である。また従来説では、「私」は何世紀もの時間の経過を真っ暗な墓穴の中で感じ、筆者の説では、倒壊

し土に還りかけた自宅を目にして、それを知る。さらに、「屋根はほとんど見えない／蛇腹は土の中」について述べれば、「ほとんど見えない」にもかかわらず「屋根」だと知り、外からはまったく見えない「土の中」に「蛇腹」が埋まっていると知り得るのは、話者にこれが「家」であるという認識があればこそである。

　どちらの解釈がよりすぐれているかは、読者の判断に委ねよう。

(2) ディキンスンの馬車の速度を計算する

　時間超越説が正しいと仮定して、馬車の速度を測ってみよう。SF文学の愛好家なら計算せずとも結果は分かるに違いない。そういう読者はスキップして、次の (3) 節に進まれたい。

　別にむずかしくはない。次の数式に数値を入れて電卓で計算するだけである（ただし単純化のため、加速と減速に要する時間は考慮しない）。

$$\mathbf{v} = \mathbf{C}\sqrt{1 - \left(\frac{\Delta t\prime}{\Delta t}\right)^2}$$

　左辺の v（velocity）は求める馬車の速度である。

　Cは光の速度である。秒速約30万キロメートル（正確には真空中で299,792 km/s）である。ディキンスン19歳の1849年、フランスの物理学者アルマン・フィゾー（Armand Fizeau, 1819-96）が画期的な実験装置で測定した結果は313,000km/sであった。かなり正確である。ディキンスンも知っていたはずである。というよりおそらく新聞雑誌で報道されただろうから、知識人に限らず多くの人々が知っていただろう。

$\Delta t'$（デルタ・ティー・ダッシュ［プライム］）は馬車の中で経過する時間である。この詩の場合、馬車に乗っている話者が懐中時計を持っていることにしよう。「死」（死神）とのデートに出かけたのが午後の 3 時頃と仮定する。常識的に考えてデートの時間は 2 時間くらいだろうが、この詩の場合、舞い上がり過ぎて時間を忘れ、帰宅は日没を過ぎているから、2 倍の 4 時間経過したとしよう。

Δt（デルタ・ティー）は地上の静止点で経過する時間である。「あれから何世紀も経ったのだ」（"Since then - 'tis Centuries -"）とあるから、最低の 2 世紀と仮定しよう。$\Delta t'$ と単位を合わせるために、200 年を時間（hour）に換算する必要があるが、これは小学生でも計算できる。閏年は無視して 1 年 365 日とすると、$24 \times 365 \times 200 = 1{,}752{,}000$ 時間である。すべての数が揃ったが、光速は C のままにして、他の数値を上の式に入れると

$$\mathbf{v} = \mathbf{C}\sqrt{1 - \left(\frac{4}{1752000}\right)^2} \qquad = \mathbf{C}\sqrt{1 - \left(\frac{1}{438000}\right)^2} \quad \text{（分数を約分）}$$

さて、計算しなくても結果は見えている。$(1 / 438000)^2$ は無限にゼロに近い。概算でも 1 / 19 億である。とすればルート内は無限に 1 に近い。$\sqrt{1} = 1$ であるから

$$\mathbf{v} \approx \mathbf{C}$$

となる。すなわち、ディキンスンの馬車は無限に光速に近い速度で走っていたことになる。

ちなみに、4 時間のデートから帰ったら、実際には 12 時間

が経過してしまっていた！としよう（朝帰りである。19 世紀のアーマストでは大スキャンダルになる）。計算すると

$$v = c\sqrt{1 - \left(\frac{4}{12}\right)^2} \quad = c\sqrt{1 - \left(\frac{1}{3}\right)^2} \quad = c\sqrt{1 - \frac{1}{9}} \quad = c\sqrt{\frac{8}{9}} \quad = c\frac{2\sqrt{2}}{3}$$

$$\sim c \times 0.943$$

つまり、この場合でも馬車は光速の 94.3% の速度で走っていたことになるのである。ほぼほぼ光速である。

　なお、誤解しないでほしいが、筆者はディキンスンの馬車が光速運動していると主張しているわけではない。
　詩の話者が、馬車のデートをしている間に何世紀も経ってしまったと言うのは、あくまで「死」との逢引きの楽しさを（いささか度を越しているが）誇張するためであり、生者の時間と死者の時間の相対性を示唆するためである。その度を越した表現に相対性理論を適用して遊んでみただけである。

　　註　F 1068 中の詩行 "Further than Sunshine could [stretch] / Were the Day Year long," は光速に言及しているという説がある（*All Things Dickinson*, Vol. 1 [Greenwood, 2014], p. 58）。説得力があると思う。

（3）相対性理論と 19 世紀の電磁気学

上の計算に使った数式　$v = c\sqrt{1 - (\Delta t'/\Delta t)^2}$　は、相対性理論で使われる「ローレンツ因子（γ）」（Lorentz factor）から導き出される計算式である。オランダのヘンドリック・ローレンツ

（Hendrik Lorentz, 1853-1928）の電磁気学の論文「光速未満の速度で動く系における電磁気現象」（"Electromagnetic phenomena in a system moving with any velocity smaller than that of light" [1904]）に現れるものである。翌年、この論文ほかを利用してアインシュタインが、「運動する物体の電気力学について」（"On the Electrodynamics of Moving Bodies" [June 30, 1905]）を発表した。"Electrodynamics" は Electromagnetic Dynamics を略したに過ぎない。この論文の内容が広く「特殊相対性理論」として知られている。二人の論文がどちらも electromagnetics すなわち電磁気学に関するものであることに注意されたい。

　　註　アインシュタインの相対性理論では、動いている慣性系での経過時間 $\varDelta t'$ と静止系での経過時間 $\varDelta t$ の間には次の関係がある。

$$\varDelta t' = \sqrt{1 - \frac{v^2}{c^2}} \, \varDelta t \quad （一方、ガリレイの相対論では \ \varDelta t' = \varDelta t \ ）$$

　　この式をvについて変形すると $v = c\sqrt{1 - (\varDelta t'/\varDelta t)^2}$ が得られる。（$\sqrt{1 - \frac{v^2}{c^2}}$ の逆数が上述のローレンツ因子［γ］である。この因子は世界最古の定理、ピタゴラスの定理［三平方の定理］から導出される）

　ふつう相対性理論＝アインシュタインと理解されている。天才アインシュタインが、ある日、青天の霹靂のごとく発表した革命的理論というのが今でも一般的な理解のように思われる。

　　註　かつての文学研究では、例えば Lisa M. Steinman, *Made in America: Science, Technology, and American Modernist Poets*（New Haven, CT: Yale University Press, 1987）は、モダニズム詩人が対象だから当然とも言えるが、19 世紀科学とプランク、アインシュタイン、ハイゼンベルクに始まる 20 世紀科学との断絶を強調するあま

り、ローレンツ、マクスウェル、ファラデイを意図的に切り捨てている。（モダニズムの詩人たちに相対性理論が及ぼした影響は、Steinman も言う通り [p. 6]、誤読に基づくものが大半である。ポスト構造主義の人種やジェンダーの相対性も、強いて言うならガリレイの相対性であって、アインシュタインの相対性でないのは明白だ）

しかしながら、実際には、アインシュタインの仕事はその直前のローレンツやフランスのポアンカレ（Jules-Henri Poincaré, 1854-1912）の仕事、1887 年のマイケルソン＝モーリーの実験など、19 世紀後半に行なわれた電磁波をめぐる様々な研究を取り込んで初めて可能になった。ローレンツは特殊相対性理論発見の一歩手前まで来ていた。アインシュタインの独創性は「光速度不変の原理」を導入したことであった。そして、これらすべての研究の原点にあるのが 1864 年にスコットランドのマクスウェル（James Clerk Maxwell, 1831-79）が発表した論文「電磁場の動力学的理論」（"A Dynamical Theory of the Electromagnetic Field"）であった。一般に「マクスウェルの方程式」と呼ばれている。アインシュタインの 1905 年の論文の出だしはこうなっている ——"It is known that Maxwell's electrodynamics—as usually understood at the present time—when applied to moving bodies, leads to asymmetries which do not appear to be inherent in the phenomena." つまり運動する物体にマクスウェルの方程式を適用したときに生じる非対称性が、特殊相対性理論発見につながる端緒だったのである。ダーウィンの『種の起源』（1859）の公刊が、その分野の学者たちには青天の霹靂でなかったように、特殊相対性理論も天才が無から創造したものではなかった。

マクスウェルの方程式が発表される 1864 年は、"Because I could not stop for Death -" が書かれた 2 年後である。生没年を見

れば分かるが、マクスウェルとディキンスンはまったくの同時
代人である。
　マクスウェルはマクスウェルで、先行するアンペールによる
「右ネジの法則」の発見（1820 年）やファラデイによる電磁誘
導（electromagnetic induction）の発見（1831 年）などの電気や
磁気に関する仕事を体系化した天才数学者であった。現にマク
スウェルの論文は 20 名を超える研究者の名前を挙げている。
そして、彼らの仕事の原点にあるのが、電気に関する実験を可
能にした 1800 年のヴォルタ電池の発明だった。つまりアイン
シュタインの理論の背後には 1 世紀にわたる電気と磁気に関す
る研究があったわけである。

　　註　（1）現在の物理学の究極の目的は、電磁気力、弱い核力、
　　強い核力、重力の 4 つの力（forces）を統一的に説明する「万物
　　の理論」（Theory of Everything）の完成である。今日の最有力候
　　補が「超弦理論」（Superstring Theory）だが、完成への道のりは
　　遠いらしい。まず電気力と磁力を統一したのがマクスウェルの
　　方程式（1864 年）なのである。電磁気力と弱い核力が統一さ
　　れたのは百年後の 1967 年である。強い核力をも統一する「大
　　統一理論」（Grand Unified Theory）が提唱されたのは 1974 年で、
　　現在も理論構築は進行中である（1977 年公開の某人気 SF 映
　　画で有名になった "May the force be with you" はこのことと無関
　　係ではない）。諸力を統一する理論の構築はすでにマクスウェ
　　ル以前からの課題であった。物理学者以外の文章にも次のよ
　　うな一節が見えるほどである──"Surely the scientific mind of an
　　age ... which, through experimental research, has come to regard light,
　　heat, electricity, magnetism, chemical affinity, and mechanical power
　　as varieties or derivative and convertible forms of one force, instead of
　　independent species,..."(p. 112). 出典は、『種の起源』（1859）を擁
　　護したハーヴァード・カレッジの植物学者エイサ・グレイ（Asa
　　Gray, 1810-88）による書評。『アトランティック・マンスリー』

誌 1860 年 7 月号掲載（pp. 109-16）であり、当然、定期購読していたディキンスンも読んでいたはずである（ただしハーヴァード大学が所蔵するディキンスン家の蔵書にはこの号は残っていない）。　(2) 1873 年、マクスウェルは自身の方程式を四元数（quaternion）を用いてより洗練された形に書き換えた（"General Equations of the Electromagnetic Field," *A Treatise on Electricity and Magnetism*, Vol. 2 [Oxford University Press, 1873], pp. 227-38）。このマクスウェルの方程式を、1884 年、イギリスのオリヴァー・ヘヴィーサイド（Oliver Heaviside, 1850-1925）が、四元数を基に自ら開発したベクトル解析（vector analysis）の記法を用いて、現在流布している形にさらに書き換えた。四元数は、アイルランドの数学者ウィリアム・R・ハミルトン（William Rowan Hamilton, 1805-65）が 1843 年に発見した、複素平面（ガウス平面）の三次元化を可能にする代数である。不思議なことに三元数では困難な計算が、四元数では可能であることにハミルトンは気づいたのである。四元数はベクトル解析に取って代わられ、長く忘却されていたが、20 世紀後半から再評価され始め、例えば、今日では人工衛星の姿勢制御や三次元 CG 等に利用されている。興味深いことに、ハミルトンはコールリッジの熱烈な崇拝者で、ワーズワスとは親交があり、自身も詩を書いた。近年、ハミルトンとワーズワスの交流について何本も論文が書かれている。1 本だけ挙げれば、詩と科学（文理）の調和か相克かに焦点化した次の論文がすぐれる。Daniel Brown, "William Rowan Hamilton and William Wordsworth: the Poetry of Science," *Studies in Romanticism*, Vol. 51, No. 4（Johns Hopkins University Press, Winter 2012）, pp. 475-501.（http://www.jstor.com/stable/24247229）

　ひどくわき道に逸れたように思われるかもしれないが、言いたいことはディキンスンの生涯（1830-86）は、電磁気学が発展したこの 1 世紀の中にすっぽり入っているということだ。ディキンスンが愛読していた『アトランティック・マンスリー』

（*Atlantic Monthly*）誌に掲載された電信やオーロラに関する科学
記事を読んでみても、読者に電磁気学の初歩的な知識があるこ
とを前提にしていることが分かる。筆者には、高い科学教育を
受けたディキンスンがワクワクしながら新聞雑誌をむさぼり読
んだように思える。

　註　Anonymous, "The Aurora Borealis," *Atlantic Monthly*（Dec. 1859）,
pp. 740-50. この号をディキンスン家が所蔵していたことは Jack
L. Capps によって調査済み（*Emily Dickinson's Reading* [Cambridge,
MA: Harvard University Press, 1966], p. 148）。1859 年 9 月 1, 2 日に
ピークに達した大規模な磁気嵐の記録。Carrington Event と呼ば
れる。キューバでもオーロラ［北極光］が観測されるほどだっ
たから、ディキンスンが住むアーマスト上空のオーロラは壮麗
だった。1862 年作の有名なオーロラの詩 "Of Bronze - and Blaze -"
（F 319 / J 290）は、この時の体験に基づく。同時に、この磁気嵐
は全米の電信網に大規模な障害を引き起こした。強力な磁気の
変化が電線に異常な電流を生じさせ、通信不能になったり、あ
るいは逆に電池なしでも、磁気嵐の引き起こした電流だけで通
信ができたりした。これはファラデイが 1831 年に発見した電磁
誘導現象だった。アメリカでは 1844 年から敷設され始めた電
信は革命的な通信手段だったから、衝撃は大きかった。いわば
全米が電磁誘導を体験し、磁気と電気とオーロラの不思議な関
連に注目が集まった（21 世紀の今日、同じ規模の磁気嵐が起き
れば、その被害は核戦争に匹敵すると言われる）。この磁気嵐
とそれに伴うオーロラおよび電信障害については、*The American
Journal of Science*（*AJS*）誌に 1859-62 年に掲載されたイェール・カ
レッジ教授 Elias Loomis の "The great auroral exhibition of August 28
to September 4, 1859" と題された一連の記事 9 本が、各地の研究
者、気象台、電信技士からの多数の報告などを含んでいて詳し
い。なお *AJS* はイェール・カレッジの教授ベンジャミン・シリ
マン（Benjamin Silliman, 1779-1864）によって創刊され今も続く
学術雑誌。シリマンはアーマスト・カレッジのエドワード・ヒッ

チコック（Edward Hitchcock, 1793-1864）の師。したがってディキンスンも面識はないにしろ、よく知っていたはずである。マウント・ホリョーク女子学院の寮から親友に宛てた手紙では化学の教科書として "Silliman's Chemistry" (L 20) に言及している。これは *Elements of Chemistry, in the order of the lectures given in Yale College*, 2 vols. (New Haven, CT: H. Howe, 1830-31) を指している。*AJS* の過去のアーカイヴは以下のサイトで閲覧、検索できる。https://www.biodiversitylibrary.org/bibliography/44570

ディキンスンにおける文化や宗教（カルヴィニズム）の研究に加えて、19 世紀の科学のコンテクストの中で、彼女の詩を考えてみるのも面白いのではないか。なにしろ彼女は、最新の天文学に加えて、電信、オーロラなどの電磁気的な発明、現象についても詩を書いているのである。合衆国では、特に 21 世紀に入ってから、これらの詩について次々と論文が書かれている。

　註　3 点挙げれば、(1) Jerusha Hull McCormack, "Domesticating Delphi: Emily Dickinson and the Electro-Magnetic Telegraph." *American Quarterly*, Volume 55, Number 4, Dec. 2003（Johns Hopkins University Press, 2003）, pp. 569-601.（極度に圧縮された電報の文体と極限まで切り詰められたディキンスン詩のスタイル、および電信の発達と同時に台頭した American Spiritualism のフェミニズム的側面をそれぞれパラレルに捉え、発話主体［body］を失ったディキンスン詩の声の神託［預言者］的性格を論じている。電気嵐［雷雨］についての言及はあるが、電磁気学への言及はほとんどない。　(2) Carol Quinn, "Dickinson, Telegraphy, and the Aurora Borealis." *The Emily Dickinson Journal*, Volume 13, Number 2, 2004（Johns Hopkins University Press, 2004）, pp. 58-78.（前述の *Atlantic Monthly* 誌の記事 "The Aurora Borealis" をディキンスンが読んでいたことを、オーロラの詩 "I saw no Way - The Heavens were stitched -" [F 633 / J 378] の語彙分析によって鮮やかに立証している）　(3) Cody Marrs, "Dickinson's Physics," *The New Emily Dickinson Studies*, edited by Michelle Kohler（Cambridge University Press, 2019）, pp. 155-67.（ディキンスンと「19 世紀の force の理論」およびエネルギー保存の法則を論じた論文。「19 世紀の force の理論」とは電磁気学に他ならない。ただし、マクスウェル、ローレンツ、アインシュタインには言及していない）

　ディキンスン論ではないが、電磁気学と 19 世紀英米ロマン派文学については Paul Gilmore, "Romantic Electricity, or the Materiality of Aesthetics." *American Literature*, Vol. 76, No. 3, Sept. 2004, pp. 467-94 は必読。（生命や思考の比喩［trope］としての電気が、物質と非物質の区別を侵食することによって、ニュートン的な時計仕掛けの宇宙に代わる有機的かつ telegraphic な宇宙観を構築するのを如何に助けたかを、マルクス主義の立場から論じている。最初の数頁の理論編は飛ばして、472 頁から読み始めてもよい。論文末尾で示唆されているように、21 世紀に入ってからの、19 世紀文学における電気・電信表象の再考の動きは、インターネットによるグローバライゼイションと連動している）

(4) ディキンスンと相対論

"Because I could not stop for Death -"（1862 年）における馬車の速度を、特殊相対性理論（1905 年）によって計算したのは、時代倒錯した遊びだったが、末尾 2 連に関する筆者の時間超越説が正しいとすれば、ディキンスンは時間の相対性を意識していたことになる。

　といっても時間の相対性は別に目新しいものではない。楽しい時に時間はあっという間に過ぎ去り、辛い時にはなかなか進まない（"Pain - extends the Time -"[F 833 / J 967]）、というのは有史以前からの人間の認識であろう。覚醒時と睡眠時の時間感覚

の違いなどは、誰もが毎日経験している。文学の主題にもなって来た。すぐ思い浮かぶのは、ワシントン・アーヴィングの短編 "Rip Van Winkle"（1819）、中国の「邯鄲の枕」、日本の浦島太郎（浦島子伝説）だが、世界の神話や文学を見れば他にもいくらも例はあるだろう。

　　註　"The equating of a single year in Paradise to one hundred of earthly existence is a motif well known to myth." Joseph Campbell, *The Hero with a Thousand Faces* [Princeton University Press, 1949], p. 223.

　とりわけ、資本主義と産業主義が急速に進展した 19 世紀には、資本主義的時間が人間の生活全般を律するに至った。ディキンスンの時間の相対性についての夢想は、「生」を管理する機械的時間からの解放を志向しているのかもしれない。
　ディキンスンの当該の詩では、興味深いことに、相対性は末尾以外にも見られる。8-9 行目の「［私たちは］沈む太陽を過ぎた／／いやむしろ、太陽が私たちを過ぎた」である。この場合は空間的な相対性、運動の相対性である。動いているのは馬車に乗っている「私たち」なのか、あるいは太陽なのか、と話者は考えている。馬車の速度（ここでは光速ではない。さっきの遊びは忘れてほしい）は無視できるくらい小さいから、動いているのは地球か太陽かと問うているのに等しい。視点をどちらに置くかによって答えは変わる。地球の自転速度（万一、ディキンスンが天動説信奉者であれば、太陽の公転速度）は光速の比ではないから、2 つの慣性系である地球と太陽の間の相対性は「ガリレイの相対性」（Galilean relativity）である。力学で対応するのはニュートン力学である。アインシュタインの相対性理論は従来の時空概念を一変させたが、それは物体が光速に近い運動をする場合である。光速にはるかに届かない速度におい

22

ては、特殊相対性理論の運動方程式は、ニュートン力学の方程
式に一致する。人間は普段はガリレイの相対性の中に生きてい
る。現在の最速の宇宙船でも超越できる時間（船内の時計の遅
れ）は1万分の1秒にも満たない。
　実は、動いているのはどちらで、止まっているのはどちらか
という相対性は、この詩の冒頭にも現れている。

Because I could not stop for Death -
He kindly stopped for me -

ここは幾通りかに解釈できる。「私」が先に止まってから死が
馬車を止めるのが礼儀ないし掟なのに、親切にも死の方が先に
馬車を止めてくれた、とも解せるし、もっと暗喩的に（雑駁
に）、「私」が死ぬことができなかったので死の方から迎えに来
た、とも取れる。
　一方で、厳密に字義的に解釈することも許されよう。する
と、「私」が止まれないので、死の方が止まってくれた、だか
ら馬車に乗れた、というのは論理矛盾になる。両者が止まらな
ければ、馬車に乗れないのは道理だからである。だが、ここで
相対論的に考えると別の可能性もある。両者が同じ方向に同じ
速度で動いている場合である。「死が親切にも私のために止まっ
てくれた」というのは、実は、死の馬車が減速して、「私」と
同じ速度で並走してくれたという意味ではないか。歩いている
「私」の視点からは、並走する馬車は「止まった」（"stopped"）
ように見えるのである。見かけ上の停止、相対的な停止である
（これは数学的には、ニュートン力学の座標変換である「ガリ
レイ変換」のメタファーと見なせる）。すなわち、「私」はその
馬車に「飛び乗った」と考えるしかない。
　もちろん並走する「死」の視点からも、歩いている「私」は

止まって見える。しかし歩道に立っている第三者からは、どちらも同じ速度で動いている。このような相対性もまた「ガリレイの相対性」である。

　こういう読みは幾通りかの解釈のうちのひとつだが、ヴィクトリア朝期の良家の娘が、並走する恋人の馬車に飛び乗るという勇ましいイメージは、この詩をいっそう面白くしないだろうか。

　　註　ガリレイ変換はニュートンの運動方程式を不変（invariant）
　　に保つ座標変換（coordinate transformation）である。しかし電磁
　　波を扱うマクスウェルの方程式を、ガリレイ変換は不変に保つ
　　ことができない。この場合に使われるのが、ローレンツ因子（γ）
　　を用いた「ローレンツ変換」（ポアンカレの命名）である。ア
　　インシュタインの相対論で用いられる座標変換である。光速に
　　はるかに及ばない運動速度の場合、ローレンツ変換はガリレイ
　　変換に一致する。

　かくして、1篇の詩の中に3つの相対性が見出せる。この詩全体がガリレイの相対性のアレゴリーと呼べそうである。まるでディキンスンが昔の物理学の教科書を引っ張り出してきて、ガリレイの相対性原理で遊びながら詩を書いているように思える。

　ディキンスンは、ガリレイの相対性原理やニュートン力学の初歩をアーマスト・アカデミーやマウント・ホリョーク女子学院で学んだはずである。両方ともアーマスト・カレッジで地質学を教え、学長でもあったエドワード・ヒッチコックの強い影響下にあった。ガリレイの時代に始まったパラダイムの転換は、18世紀の啓蒙主義の時代を経て、19世紀の知の枠組み全般に深く浸透していた。ディキンスンのカルヴィニズム不信もそのコンテクストの中にある。皮肉なことだが、学問の師というべきヒッチコックは、アメリカ有数の先端的な地質学者だったが、最後までカルヴィニストであり続けようとした。

　ヒッチコックのディキンスンへの影響はきわめて興味深い。これについては、次章で取り上げることになる。

　付記　まったくの偶然だが、アメリカの天文学者デイヴィッド・ペック・トッド（David Peck Todd, 1855-1939）は、メイベル・ルーミス（Mabel Loomis, 1856-1932）と結婚した頃に、マクスウェルから手紙を受け取っている。マクスウェルの死の半年前だった。内容は木星の衛星観測の精度を問い合わせるもので、木星－地球間の距離を計算する方程式も含まれていた（トッドが天体観測精度の分野で名を知られる研究者であったことが分かる）。死後、トッドはマクスウェルの手紙をロンドンのロイヤル・ソサエティーに送り、それはソサエティーの会合で読み上げられ、機関誌にも掲載された（"Letter to David Peck Todd, 19 March 1879." *The Scientific Letters and Papers of James Clerk Maxwell*, Volume 3, 1874-1879. [Cambridge University Press, 1990], pp. 767-69）。さらに『ネイチャー』（*Nature*）誌にも掲載された（Jan. 29, 1880, pp. 314-15）。

　マクスウェルから手紙をもらった2年後の1881年、トッドはアーマスト・カレッジの天文学教授として妻と共にアーマストに赴任した。メイベルがディキンスンの兄オースティンと愛人関係になり、またエミリの死後、彼女の最初の研究者となったことはよく知られている。

　マクスウェルの手紙は、当時ワシントンDCの合衆国海軍天文台（US Naval Observatory）付属の航海暦局（Nautical Almanac Office）でトッドの同僚だったアルバート・マイケルソン（Albert Michelson, 1852-1931. 科学部門でノーベル賞を受賞した最初のアメリカ人）の目に留まり、1887年の有名なマイケルソン＝モーリーの実験を計画する動機となった（Robert S. Shankland, "Michelson and his interferometer" in *Physics Today*, April 1974, p. 37; Richard Staley, *Einstein's Generation: The Origins of the Relativity Revolution*, [University of Chicago Press, 2008], pp. 45-46）。この実験はアインシュタインの特殊相対性理論（1905年）発見の契機にもなっ

たから、トッドは間接的に革命的な理論の誕生に貢献したと言える。そのことを当時 50 歳だったトッド自身が意識していたはずである。ひそかに誇りにしていたかもしれない。当然、妻メイベルも聞いていただろう。日蝕観測の専門家である夫デイヴィッドの観測旅行にはたびたび同行し、夫の研究に通暁していたからだ。彼女の旅行記の日蝕観測の詳細に関する部分は、事実上、夫との共著である。この夫妻の頭脳の中でディキンスンとアインシュタインが出会っていたことになる。

　ディキンスンの歴代の伝記は、ハベガー（Alfred Habegger）の2001 年刊の伝記を含めて、天文学者デイヴィッド・トッドについての記述に乏しいが、次の論文中の事実関係を述べた部分が役立つ——Julie Dobrow, “Eclipses, Ecology, and Emily Dickinson: The Todds of Amherst” in *Amherst in the World* edited by Martha Saxton (Amherst, MA: Amherst College Press, 2020), pp. 235-48. (https://www.jstor.org/stable/10.3998/mpub.11873533.17)

（要約：　弱冠 15 歳でコロンビア大学に入学し、1872 年にアーマスト・カレッジに転籍し、学士号、修士号を取得。学部 4 年生の時に、金星の太陽面通過 [transit] を予測した計算で天文学界に広くその名を知られる。音楽の才能にも恵まれ、一時はプロのオルガニストになることも考えたらしい。木星の衛星観測の実績を評価され、上記の海軍天文台に招聘される。1881 年にアマーストに戻ってからは新しい天文台の建設、カレッジの広報活動にも尽力した。天体写真撮影のパイオニアでもあったが、専門の日蝕観測では何度も悪天候に見舞われた。最初期の電波天文学の分野にも手を染めている。妻メイベルの文才の助けもあって、著名な新聞・雑誌に記事や論文が掲載され、当時のアメリカでは著名な天文学者であった。カレッジ教授を 36 年勤めたが、晩年は精神に異常を来たし、1939 年の死まで各地の施設で暮らした）

第1章

ディキンスンの物理学

"The inner space, the 'circumference' of her mind at work,
was huge, and only now are we beginning to perceive it."

(Glauco Cambon, "Emily Dickinson's
Circumference," *The Sewanee Review*,
Vol. 84, No. 2 [Spring 1976], p. 350)

(1) 序

アンソロジー・ピースとしてよく知られた "The Poets light but
Lamps -"（F 930 / J 883）を論じることから始める。1865年初めの
清書と推定されている。この詩については拙著『エミリ・ディ
キンスンを理詰めで読む』（春風社、2018年）の第2章「ラン
プとしての詩――詩人は消えたのか」で取り上げ、著名な和訳
に見える解釈の誤りを正したつもりである。その後、この詩に
出てくるランプの正体について新しい「気づき」があったので、
ここで再考したい。

　その前にあらためて原詩と拙訳を引き、前著の要点を述べて
おく。

The Poets light but Lamps -	詩人たちはランプに火を点じるだけ
Themselves - go out -	彼ら自身は、消えてしまう
The Wicks they stimulate	彼らの刺激する芯は
If vital Light	もし光に命があるなら
Inhere as do the Suns -	恒星のように長くもつ

28

Each Age a Lens	それぞれの時代はひとつのレンズとなり
Disseminating their	円周を
Circumference -	散種する

旧来の解釈は "If vital Light // Inhere" を仮定節としているのだが、それでは意味の上で複数の矛盾が生じることを前著で縷々述べた。筆者は "The Wicks" が "Inhere" の主語であり、"If vital Light" は "If the Light be vital" が押韻の都合上この形になったと指摘した。これは合衆国において 1960 年代初めから定着している解釈に従ったに過ぎない。また、この場合の inhere は stick や cling とほぼ同義であるとする Helen Vendler にも依拠した（*Dickinson: Selected Poems and Commentaries* [Cambridge, MA: Harvard University Press, 2010], p. 371）。

　これによって当該詩行を和訳すれば「彼らの刺激する芯は／もし光に命があるなら／／恒星のように長くもつ」となるが、これはオイル・ランプの芯を長もちさせる当時の日常生活の知恵に言及している。いまでも旧式の灯油ストーブについて言えることだが、上下に調整できる芯を燃焼効率最大の位置で使えば、ランプは白熱した強い光を発し、芯も長もちする（傷みにくい）、という意味である。もちろんランプは詩のメタファーであるから、転じて、詩が力強い光を発するなら、その詩は恒星のように長もちする、ひいては詩人の死後の生（名声）も永続する、とディキンスンは言っているのだ。

(2) ランプの正体

ここからが新しい論考である。この詩に出てくるランプはいかなる種類のランプか？という疑問が起点である。従来、筆者はこのランプを家庭用の灯油ランプと思い込んでいた。内外の研

究書でも同様であった。だが筆者の心には何か得心のいかない
ものが残った。問題は「円周」（"Circumference"）と「レンズ」
（"Lens"）である。ランプの光が作る円周とは何か？　筆者は、
天井に吊り下げたランプが床の上に作る明るい円の縁の部分を
言うのであろうと考えて来たが、その場合、レンズの意味がしっ
くりと来ない。そのランプの光を「それぞれの時代はひとつの
レンズとなり／円周を／散種する」とすれば、ランプとレンズ
はそれぞれ時代を隔てて別個に存在するものにならざるを得な
い。それで構わないという考え方もできよう。しかし、それでは、
ランプが 1860 年代の家庭用ランプという具体性を持つ一方で、
レンズが具体性を欠くように筆者には思えたのだ。

　そこで考えたのが、燃焼するオイルの光に指向性を与えるレ
ンズがついた特殊なランプである。具体的に言えば、鉄道員が
駅構内で使う信号灯のようなものである。ディキンスンは鉄道
を利用した経験があるから、実際に見たことを否定はできない。
実見したことはないとしても、新聞雑誌等の挿絵で見たことは
考えられる。

　しかしこの説には難点がある。光がビーム状になるから当然
遠方まで届くが、その場合、光が作る円周は限られた面積を照
らすだけの、ごく小さなものになる。それでは詩中の「円周を
／散種する」（"Disseminating their / Circumference"）と矛盾する。
それに信号灯はその名の通り信号を送る器具であって、暗所を
照明することが用途ではない。加えて信号灯という特殊な道具
であれば、この詩は鉄道ファンには歓迎される一方で、詩とし
ての普遍性を幾ばくか失うように筆者には感じられる。

　このランプは家庭用のランプでもなく、鉄道の信号灯でもな
い。もっとずっと巨大な、灯台（lighthouse）のランプである。
そう考えると「レンズ」と「円周」についても得心が行くので
ある。灯台用の巨大なランプから発せられた光は、同じく巨大

な凸レンズによってビーム状になり、そのレンズが一定の時間をかけて回転することにより、何十マイル遠方に円周を描く（「散種する」）のである。とすれば「もし光に命があるなら」（"If vital Light"）の中の "vital" は二重の意味を帯びてくる。夜間や荒天時の航海者にとって、この灯台の光の強さはまさしく「命にかかわる」（vital）ものであるからだ。またこの詩ではランプが航海の道標となる恒星に喩えられているが、これも家庭用ランプよりは灯台の大型ランプによりふさわしい比喩である。こう解釈すると、詩にいっそう深みが増すように筆者には感じられる。

　以上の仮説が正しいとすれば、この詩は従来考えられてきたよりも、スケールが壮大な詩であるということになる。

　筆者がこう発想したのは、次に挙げる別の詩の謎が解けたことが契機であった。1863 年夏頃に清書したとされる詩である。

F 555 / J 399

A House upon the Hight -	高台に立つハウス
That Wagon never reached -	荷馬車は一度もやって来なかった
No Dead, were ever carried down -	死者が運び降ろされることもなかった
No Peddler's Cart - approached -	行商人の手押し車も近づかなかった
Whose Chimney never smoked -	その煙突から煙が昇ることもなかった
Whose Windows - Night and Morn -	その窓は夜も朝も、最初に昇る陽を受け
Caught Sunrise first - and Sunset - last -	没む陽を最後まで輝かせた
Then - held an Empty Pane -	その後は、窓ガラスの中は空っぽだった
Whose fate - Conjecture knew -	その運命は推論のみが知っていた
No other neighbor - did -	ご近所連中も知らなかった

And what it was - we never lisped -　　私たちも、たどたどしく話さなかった

Because He - never told -　　彼本人がけっして語らなかったから

謎めいた詩である。筆者にも何年もこの詩の意味するところが
分からなかった。19世紀の観光旅行ブームにのって、眺めの
良い山の頂上に造られた休憩・宿泊用のサミット・ハウスを想
定してみたこともあった。あるいはまたハーマン・メルヴィル
の短編 "The Piazza"（1856）に登場する山上の家への言及かと考
えたこともあった。しかしこの詩が謎々詩（riddle poem）であり、
答えは「灯台」であるという説に出会い、すべての疑問は雲散
霧消した。

　この説は "Emily Dickinson Riddles" と題されたネット上のブロ
グで JimF なる人物が唱えているものである。

　　註　https://emily-dickinson-riddle.blogspot.com/2011/07/emily-
　　dickinson-and-god-7.html

「ディキンスンの詩はすべて謎々である」（"All her poems are
riddles"）といういささか極端な前提のもとで、すべての詩を解
釈しようという現在進行中のプロジェクトだが、この詩に関す
る限り、当たっていると筆者は確信している。

　例えば3行目に "No Dead, were ever carried down -" とある
のは、"House" と言っても最上階に巨大なオイル・ランプを
「収容する」ハウスであって、故障したランプが運び降ろされ
ることはあっても、死んだ人間が運び降ろされることはない、
と解釈できる（"carried down" に注意）。職場であって、住居と
してのハウスではないから、当然「行商人」は来ない。「荷馬車」
が通れるような道も通じていない。「煙が昇」らない煙突は、
この "House" の形状そのものである。続く2行（ll. 6-7）「その

窓は夜も朝も、最初に昇る陽を受け／没む陽を最後まで輝かせた」は、もうくどい説明の必要もなく、灯台説に駄目を押す。"Empty Pane"は、灯台のガラス窓にはカーテンがないことを示唆している、と解せばよい。

　この謎々詩の答えが灯台（lighthouse）であることは最初の2連によって明白である。最終第3連はディキンスンの多くの詩のエンディング同様に難解である。おそらく詩人は自己韜晦している。擬人化された灯台の孤独に言及しているが、そこには多分にディキンスン自身の孤独が重ねられているだろう。一方で"He - never told -"には、自分は未来の人々に詩を送る灯台である、したがって今は「けっして語らな」いという自負が込められているように思える。「私は同時代の読者は照らしません。私が照らすのはずっと先の未来の読者です」というディキンスンの心の声が聞こえて来そうである。とすれば、この詩も"The Poets light but Lamps -"と同様にメタポエムである。そしてディキンスンのメタポエムでは常にそうであるように、詩人である灯台は男性に擬人化されている（フロイト的な読みも誘う）。

　この詩にはさらに謎がある。単純な謎々なら現在形で書かれるはずだが、実際は過去形で書かれている。理由の推測を試みれば、同じ過去の経験（灯台訪問）を共有する特定の子どもに向けた謎々だったのではないだろうか。ディキンスンの伝記に照らして該当する子どもは、1863年夏当時2歳になったばかりの甥ネッド（Edward Dickinson, 1861-98）しかいないが、やさしく読み聞かせたとしても、最終連はもちろん、この詩自体をこの幼児が理解できたとは思えない。

　さてこの章で問題にしている"The Poets light but Lamps -"のランプが灯台のランプであることの傍証として、さらに別の詩に灯台（"Light House"）そのものが登場することを指摘しておこう。ディキンスンはかなりの灯台好きだったように思える。

F 322 / J 259

Good Night! Which put the Candle out?

A jealous Zephyr - not a doubt -

Ah, friend, you little knew

How long at that celestial wick

The Angels - labored diligent -

Extinguished - now - for you!

It might - have been the Light House spark -

Some Sailor - rowing in the Dark -

Had importuned to see!

It might - have been the Waning lamp

That lit the Drummer from the Camp

To purer Reveille!

お休み！　あのロウソクを消したのはどっち？／そりゃ、妬み屋の西風にきまってるよ／ああ、あんた分かってないね／天使たちがあの天上の灯芯と／どれだけ長い間、勤勉に格闘していたかを／それが、あんたにとっては、もう消えてしまった／／暗闇でボートを漕ぐ水夫が／しつこく乞い求める／灯台の火花になったかもしれないのに！／野営地の鼓手を照らして／もっと澄んだ起床太鼓を打たせる／風前のランプになったかもしれないのに！

"The Poets light but Lamps -" との関連で言えば、「あの天上の灯芯」（"that celestial wick"）と「灯台の火花」（"the Light House spark"）が並置されていることに注意しよう。また「天上の灯芯」と「勤勉に格闘」する天使たちは、激務に携わる灯台守を連想させる。

　本章の論旨からは逸脱するが、この詩の主題について不十分ながら考えておきたい。おそらく、キリスト教の復活の教義への信頼の喪失について語っているのであろう。喪失の原因をめぐって、話者と話者の分身（心の中の自己、alter ego）が対話しているようである。"Good Night!" はただの就寝の挨拶ではあるまい。死後の復活を信じられぬまま死んでゆく自分自身に向かって、自嘲交じりに「安らかな永遠の夜を！」("Good Eternal Night!") と告げているのではなかろうか。1 行目に「あのロウソクを消したのはどっち？」("Which put the Candle out?") とあり、信仰喪失の原因は複数の候補に特定されている。何かは不明だが、個人的な出来事、例えば、特定の牧師あるいは頑迷な信徒への不信、あるいは信仰復興運動への不信と考えたい。世界史的な原因（科学の進歩、啓蒙主義）とすると、詩として面白くなくなる。6 行目で、復活への信仰が「あんたにとっては」("for you") 失われたと言っているから、他の信心深い人々にとっては消えていないことを暗示している。最終行の "purer Reveille" は、復活の時を告げる（起床ラッパならぬ）起床太鼓のことであろう。"Camp" は明らかに天使軍団の野営地であり、「鼓手」("Drummer") も天使の一人である。復活の教義の不合理性に対する話者の確信は揺らいでいないが、教義を信じることができた子ども時代の心の安寧を懐かしむもう一人の自分が、話者の中に潜んでいるように感じられる。

(3) Center と Circumference のレトリック

"The Poets light but Lamps -" のランプが灯台のランプであることは十分明白になったものと思う。

　次にディキンスン研究ではしばしば問題になる Center / Circumference の観点から、この詩を再検討してみよう。灯台が

中心であり、回転するレンズの光が描くのが円周である。従来のディキンスン研究では、この中心／円周のレトリックは、幾何学の円のイメージに由来すると理解されてきた。円周の拡大運動に注目する場合も、問題意識は幾何学の域に留まっている。また円周が無限を暗示する場合は、研究者の多くが、聖アウグスティヌスの有名な神の定義 "God is a circle, the center of which is everywhere, the circumference nowhere." を連想しているように思われる。ディキンスンが愛読したエマソンのエッセイ「円」("Circles" [1844]) の冒頭に引かれているからである。なお、ディキンスンは "Circumference" を多用する（全作品中 17 回）が、より一般的な "Circle" の語をただの 1 回しか使っていない（F 1067 / J 889）。「影響の不安」の一例であろうか。

　しかしながら、鵜野ひろ子氏がその論文 "'Chemical Conviction': Dickinson, Hitchcock, and the Poetry of Science"（*The Emily Dickinson Journal*, 7.2 [1998], 95-111）で指摘するように、このレトリックの出所が、ディキンスンが読んだことが確実なエドワード・ヒッチコックの著書 *Religion of Geology*（Boston: Philips, Sampson, and Company, 1851）の一節にあるとすれば、この問題をまた別の角度から眺めることができる。同書 Lecture XII "Telegraphic System of the Universe" から引用する。

> *In the first place, what a centre of influence does man occupy!*
> It is just as if the universe were a tremulous mass of jelly, which every movement of his made to vibrate from the centre to the circumference. It is as if the universe were one vast picture gallery, in some part of which the entire history of this world, and of each individual, is shown on canvas, sketched by countless artists, with unerring skill. It is as if each man had his foot upon the point where ten thousand telegraphic wires meet from every part of the universe, and he were

able, with each volition, to send abroad an influence along these wires, so as to reach every created being in heaven and in earth.（p. 439）

　そもそも、人間はインフルエンスの何たる中心を占めていることか！あたかも宇宙はぶるぶると震えるゼリーの塊のごときものであり、人間のひとつひとつの動きは中心から円周に向かって、振動によって伝えられる。宇宙はひとつの巨大な絵画館のごときものである。そのある部分では、この世界の全歴史および個々の人間の歴史が、完璧な技巧を有する無数の画家によって素描され、キャンバスに描かれている。個々の人間は、宇宙のあらゆる場所に向って延びた一万本の電信線が一点に集まる場所に立っており、やろうと思えばいつでも、この電線に沿って、天と地のすべての被造物に届けるべく、ひとつのインフルエンスを発出することができる。

　人間は宇宙に向かって「インフルエンス」を発する特別な存在とされる。そのインフルエンスは「中心から円周に向かって、振動によって伝えられる」。一見、きわめて人間中心主義的だが、裏を返せば、人間の一挙手一投足を、宇宙に遍在する神が常に「見て」いる、ということを意味するだろう。だとすればインフルエンスを伝達するのは「光」以外にない。
　「中心」と「円周」は単なる幾何学の円のイメージではない。ここには、19世紀半ばまでにはきわめて有力になっていた光の波動説がイメージ化されているとしか思えない。「ぶるぶると震えるゼリーの塊」（"a tremulous mass of jelly"）というのはヒッチコック独自の表現かもしれないが、当時も今日も、波動という現象を初学者向けに説明する際に用いられるのが、池に投じられた小石が生み出す同心円状のさざ波のイメージである。ヒッチコックの「中心から円周に向かって」伝えられる「振動」としての光も、このさざ波のイメージに依拠している。池の波

を伝える媒質（medium）はもちろん水だが、ヒッチコックは光を伝える媒質を「ゼリー」状のものとしている。これは明らかに、波動としての光を伝達する媒質として当時想定されていたエーテル（ether. 正確には luminiferous ether）のことである。19 世紀の詩（とりわけロマン派の詩）にも天空の別名としてしばしば登場する。ディキンスンの詩にも 7 回出てくる。したがって、ここで使われているのは幾何学というよりも物理学のメタファーである。静的なイメージではなく、きわめて動的な、ダイナミックなイメージである。"The Poets light but Lamps -" の円周も回転しながら広がってゆく動的なイメージであった。このヒッチコックの中心／円周のセンテンスを繰り返し読んでいると、どうも彼自身が、レンズ回転式の灯台をイメージしていたのではないかと思えてくる。

　このセンテンスが当時最新の物理学の知見を反映していると言われて半信半疑の読者も、後続の "ten thousand telegraphic wires" を含む一文が、この当時アメリカ全土に電信網が整備されつつあったという歴史的事実を反映していることは疑えないだろう。何十回も改訂を繰り返したヒッチコックの地質学の教科書 Elementary Geology の例に見られるように、ヒッチコックは著書に新しい科学的知見を採り入れることに常に熱心であったのである。

　　註　（1）前章の註で紹介した Carol Quinn の論文 "Dickinson, Telegraphy, and the Aurora Borealis" は、上掲のヒッチコックの文章を引用しているが、光の波動説には言及していない。（2）ディキンスンの Center / Circumference のレトリックが、従来、幾何学のイメージで捉えられてきた一因がディキンスンが愛読したエマソンのエッセイ「円」の冒頭の一節であったことは先述した。だが、このエッセイにも、円が波動としてイメージ化されている箇所がある——"The life of man is a self-evolving circle, which, from a ring imperceptibly small, rushes on all sides outwards to new and larger circles, and that without end." そしてこれに続く部分では、この「自己拡大する円」が "a circular wave of circumstance" あるいは "another orbit on the great deep, which also runs up into a high wave" と言い換えられる。エマソンの円もまた、波動力学のイメージ（池に投じられた小石が作る同心円状のさざ波）を用いている。ただし、ヒッチコックの場合と違い、あくまで水面にできる波のイメージに留まっており、エマソンが光の波動説を意識していたようには思えない。

　光の正体が粒子か波動かは17世紀以来の論争であった。絶大な権威をふるったニュートンは粒子説論者であった。一方、波動説も根強く、光の回折（diffraction）や干渉（interference）といった現象の研究から、19世紀初めには波動説が有力となった。1845年には光が電磁場（electro-magnetic field）の影響を受けることをマイケル・ファラデイが発見した（ファラデイ効果）。そして前章でも述べたが、1864年にはアンペール、ファラデイ他の研究を数学的に体系化したジェイムズ・クラーク・マクスウェルが電磁波の存在を予言すると同時に、電磁波の計算上の速度が1849年にフランスのアルマン・フィゾーが測定に成功した光の速度と一致することから、光が電磁波の一種であることも示唆した（ここまではディキンスン生前の出来事であることに留意されたい）。1888年、実験によって電磁波の存在を証明したハインリッヒ・ヘルツは、同時に電磁波が光と同じ諸性質を持つことを明らかにし、光の波動説は確立した。ただし、光の媒質たるエーテルについては、前年1887年の有名なマイケルソン＝モーリーの実験によって、その存在が予想に反して否定されている（前章で述べたように、この実験結果は1905年発表のアインシュタインの特殊相対性理論に直接つながっている）。今日では、空間そのものが光／電磁波の媒質とされて

いる。

　いささか性急に 19 世紀の物理学を世紀末まで概観したが、ディキンスンが高等教育を受けた 19 世紀半ばまでには、光の波動説はきわめて有力な仮説になっていた。ヒッチコックの「あたかも宇宙はぶるぶると震えるゼリーの塊のごときものであり、人間のひとつひとつの動きは中心から円周に向かって、振動によって伝えられる」という記述は、この光の波動説を踏まえたものである。したがってディキンスンの中心／円周の修辞学がヒッチコックの影響を受けたものであるとするならば、それは幾何学ではなく、物理学の一部門である波動力学に基づくものとなる。波動の数式化は、ディキンスンが生まれるはるか以前の 18 世紀半ばまでには完成していた（定数係数二階線形偏微分方程式と呼ばれる）。

　　註　数学の天才マクスウェルが 20 個の連立微分方程式を解いて得た電磁波（光）の三次元波動方程式は、20 世紀になって主流となったベクトル解析の記法では次のように書かれる（マクスウェルの記法とは異なる）。電磁波はその名の通り、電場と磁場によって作られる波なので、2 つ 1 組の数式で表される（ただし j=0, ρ =0 の場合）。

$$\left(\Delta - \mu_0 \varepsilon_0 \frac{\partial^2}{\partial t^2}\right) B = 0 \qquad \text{（電場の式）}$$

$$\left(\Delta - \mu_0 \varepsilon_0 \frac{\partial^2}{\partial t^2}\right) E = 0 \qquad \text{（磁場の式）}$$

j：電流密度、ρ：電荷密度、B：磁束密度、E：電場強度、
μ_0：真空透磁率、ε_0：真空誘電率、
Δ：ラプラス演算子［∇^2 あるいは div grad に同じ］、∂：偏微分記号、t：時間［秒］。
$\mu_0 \varepsilon_0$ の平方根の逆数が電磁波（光）の真空中の速度である。

　ヒッチコックを熟読したディキンスンが、灯台という「中心」から発せられ、ぐるっと「円周」を描く光をイメージしたとき、波動力学の同心円状のさざ波が彼女の念頭にあったはずである。灯台は海に突き出た半島の先端部に建設されることが多い。これはディキンスンが「半島」（peninsula）という語を偏愛したことを想起させる。彼女の灯台好きと何かつながりがあるかもしれない。半島先端の灯台の下には、海の波が寄せては返す。ディキンスンの詩的想像力のなかでは、その海の波と波動としての灯台の光が不可思議な共鳴現象を起こしていたのではないかと筆者は夢想している。

　さざ波ではないが、大波（billows）が円周としてイメージされる詩を2篇見い出せる。次の詩の後半では、"Billows"と"Circumference"は同義語として用いられている。上昇気流に乗って天高く舞い上がる小鳥に仮託して、不可知の世界、無限の宇宙への想像力の飛翔について語っている。

F 853 / J 798

She staked Her Feathers - Gained an Arc -

Debated - Rose again -

This time - beyond the estimate

Of Envy, or of Men -

And now, among Circumference -

Her steady Boat be seen -

At home - among the Billows - As

The Bough where she was born -

さらに次のよく知られた詩の最初の 2 連の 7-8 行目を見ると、ディキンスンの中では、「大波」と「円周」が常に結びついていたことが確認できる。ここでは上昇気流に翻弄されるのは蜜蜂（“Bee”）である。

F 1297 / J 1343

A Single Clover Plank
Was all that saved a Bee
A Bee I personally knew
From sinking in the sky -

Twixt Firmament above
And Firmament below
The Billows of Circumference
Were sweeping him away -
（以下 2 連 8 行省略）

いずれの詩の「大波」も、荒海の大波ではなく、地上から天空（宇宙）に向かって広がってゆく大波である。晴天時の上昇気流に見立てられているのであろう。宇宙に向かって「インフルエンス」を運ぶ波動としてのヒッチコックの Circumference と同様に、きわめてダイナミックなイメージである。

（4）ディキンスンが「見た」のはいかなる灯台か

伝記研究上は、ディキンスンが灯台を見学した事実は確認できない。しかしながら、第 2 節で取り上げた “A House opon the Hight -”（F 555 / J 399）は、過去形で書かれている。そのためか、

実際に灯台を訪れたことがあるのではないかと思えてならない。灯台にはレンズ回転式と固定式の 2 つのタイプがあるが、"The Poets light but Lamps -" の灯台は明らかに回転式である。灯台にも大小さまざまなものがあるが、レンズ回転式は最上級の灯台である。

　後に黒船を率いて浦賀にやって来るマシュー・C・ペリー提督は、1838 年、英仏両国の灯台事情を視察し、1 等級の固定式フレネル・レンズ（Fresnel lens）と 2 等級の回転式フレネル・レンズを注文している（総額は 24,000 ドル）。これらのレンズは 1841 年にニューヨーク湾を照らすナヴェシンク灯台（Navesink Lighthouse）のツインタワーに設置された。合衆国で初めてフレネル・レンズを備えた灯台であった。南北戦争が始まる頃までには合衆国の灯台のほとんどがフレネル・レンズを使っていた。1862 年にはナヴェシンク灯台のツイン・タワーは現在残るものに建て替えらえた。1883 年にはそれまでランプの燃料として使われていたラード・オイルが、石油由来の灯油に切り替えられた。1898 年には合衆国初のアーク灯（電気放電灯）が導入された。

　　註　"Navesink Light Station"（National Park Service）, pp. 12-14.
　　　　https://npgallery.nps.gov/NRHP/GetAsset/NHLS/06000237_text

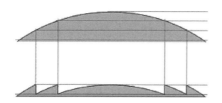

Figure A（通常の凸レンズとフレネル・レンズ）

　フレネル・レンズは、フランスの物理学者オーギュスタン・ジャン・フレネル（Augustin Jean Fresnel, 1788-1827）によって1822 年に開発され、ガラス・レンズの大幅な軽量化に貢献した。今でも広く使われており、身近なところでは懐中電灯のレンズもほとんどフレネル式である。なお、フレネルは光の波動説論者の一人でもある。

　ナヴェシンク灯台はニューヨーク湾を照らすがゆえに、合衆国で最重要の灯台であった。その近代化は全米に報道されたビッグ・ニュースであった。ディキンスンが知っていたことは確実である。その後も、この重要な灯台には、随時各種の改修が施されていった（現在は歴史遺産として保存されている）。

　ディキンスンの父親エドワードは、1838 年から 43 年までマサチューセッツ州の下院議員、上院議員を歴任し、次いで1853 年から 54 年まで連邦下院議員も 1 期務めている。灯台の近代化が進んだ時代である。ディキンスンが政治家時代の父親に同行し、灯台を視察したことがあるとすれば、内部を見た可能性も否定できない。最新鋭のナヴェシンク灯台だったかもしれない。

　ディキンスンが訪れたかもしれない、あるいは新聞雑誌等でよく知っていたかもしれない灯台を無理して特定する必要はないだろう。もし灯台好きなら、いくつも訪れた可能性さえある。

　当時最新鋭の灯台について知る上で、もってこいの本がある。ディキンスンが 20 歳の 1850 年にロンドンで出版された本である。読んだ可能性も皆無ではない。

Alan Stevenson, *A Rudimentary Treatise on the History, Construction, and Illumination of Lighthouses*（London: John Weale, 1850）

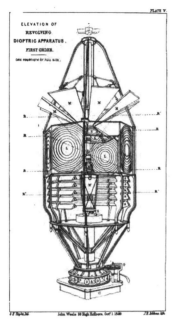

Plate 5

Figure B

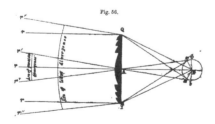

Fig. 56 (p. 34)

スコットランドの灯台技師ロバート・スティーヴンソン（Robert Stevenson, 1772-1850）の息子アラン（Alan）が書いた専門書である。ちなみにロバートにはデイヴィット、アラン、トマス（David, Alan, Thomas）の三人の息子がおり、これも灯台技師であったトマスの息子が *Treasure Island*（1883）の作者ロバート・ルイス・スティーヴンソン（Robert Louis Stevenson, 1850-94）である。アランは小説家の伯父にあたる。

　この本の口絵である Plate 5 と Plate 9 は、スコットランド西岸沖のコル島（Coll）南端の岩礁に建てられたスケリヴォア灯台（Skerryvore Lighthouse, 1844 年竣工）の設備を示している。これを見ると、当時の回転式レンズと専用ランプの構造がよく分かる。アラン・スティーヴンソン自身が設計・建設を手掛けた。

　Plate 5 は 1 等級（first order）のフレネル・レンズを 4 枚備えた、カプセル型の回転フレーム（revolving frame）である。回転フレームの重量バランスを取るために、レンズは 2 枚 1 組、もしくは 4 枚 2 組で使われる。レンズ 1 枚の場合には、反対側に同じ重さの反射板を取り付ける。このスケリヴォア灯台の場合、4 方向に同時に光のビームが射出される。換言すれば、90 度回転するたびに海上の船に光のビームが送られる。

　フレーム内部に、ランプが固定してある。大型のオイル・ランプを使うため、下から上に空気が通りやすい構造になっている。四角形の枠に囲まれた同心円型のレンズがフレネル・レンズである。Fig. 56 はランプから出た光がフレネル・レンズで収束される過程を示した概念図である。

　このレンズがついた可動部をどのように動かすのか、Plate 5 ではよく分からないが、その基底部を別の資料によって補って Figure B に示す。基底部の箱状の台の中に何枚かの歯車が見える。動力は当然ながらまだ電気ではない。時計台の大時計の動力と同じである。巨大な錘（おもり）の自然落下を利用していた（灯台守

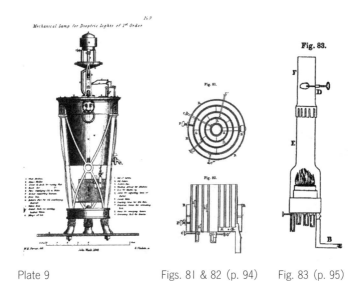

Plate 9　　　　　　　Figs. 81 & 82 (p. 94)　　Fig. 83 (p. 95)

は数時間ごとに錘を巻き上げる)。

　Plate 9 は燃料タンクを含めたランプ本体である。一番上に燈
心部が見える。チムニー（Fig 83）は外してある。Figs. 81 & 82
はランプのバーナーを示している。アルガン・ランプ（Argand
lamp）と呼ばれるタイプである。4つの燈芯（wicks）が同心円
状に配置されている。Fig. 83 はチムニーを取り付けたバーナー
の全体像である。チムニーの下半分（図中の E）はガラス製、
上半分（図中の F）は鉄製の円筒である。

　19 世紀末から灯台の光源にアーク灯が使われるようになる
が、高い信頼性が要求される灯台用大型白熱電球の開発はずっ
と遅れる（エジソンの電球の発明はディキンスン生前の 1881
年であったが）。20 世紀に入ってもオイル・ランプあるいはガ
ス・ランプを使っていた灯台は多い。スケリヴォア灯台のオイ
ル・ランプが電球に替えられたのは、1959 年のことであった。

註　The website of the Northern Lighthouse Board
　　https://www.nlb.org.uk/lighthouses/skerryvore/

　最後に、筆者としては、"The Poets light but Lamps -" が喚起する風景が一変したことを願うばかりである。

第2章

天文学と自己信頼
——エマソンの「モナドノック」

"You take the way from man, not to man."
("Self-Reliance")

（1）序

「モナドノック」("Monadnoc") は、「森の調べ　第二」("Woodnotes
II") と並んで、エマソンの傑作長詩である。

　ここでは当時の天文学の観点からこの詩を読み解き、それが
いかに「自己信頼」の思想と結びついているかを論じる。

　モナドノックはモナドノック山（Mount Monadnock）のこと
である。ニューハンプシャー州南部チェシャー郡にある標高
3,165 フィート（965 m）の山である。ボストンの北西 60 マイル、
コンコードの北西 38 マイルに位置する。エマソンは "Monadnoc"
と綴るが、通常用いられる綴りは Monadnock である。インディ
アンの言葉で「孤立峰」、「独立峰」を意味する普通名詞である。
したがって同名の山が複数存在する。ヴァーモント州北部の
Mount Monadnock も有名である。当該の、エマソンとヘンリー・
ソローがよく登ったニューハンプシャーの山は、区別のために
"Grand Monadnock" と呼ばれることもある。低い円錐状の、勾
配が緩やかな山である。19 世紀から登山者が多い。現在では
夏の登山者が 10 万人を超え、全米でもっとも人気のある山で
ある。日本で言えば富士山である。

　1840年代の鉄道の発達にともなって登山も盛んになった。エマソンもソローも積極的に利用した。『ウォールデン』では鉄道に皮肉な視線を向けているソローだが、登山家ソローについてウィリアム・ハワースは「1845年に鉄道がコンコードまで延びると、ソローは熱烈な鉄道利用者になった」（"After the car service reached Concord in 1845, Thoreau became an enthusiastic rider."）と書いている（Howarth 292）。モナドノック山の最寄り駅トロイ（Troy, NH）とコンコードを結ぶのはフィッチバーグ鉄道（Fitchburg Railroad）とその支線であった。ボストン－コンコード間が1844年6月に、コンコード－フィッチバーグ間が1845年3月に開業している。フィッチバーグ－ウィンチェンドン－トロイ間が1847年開業である。ソローは第2回目の登山では日帰りで登頂している。帰路のトロイ駅からコンコード駅までの所要時間は2時間15分であった（Howarth 295）。

　白人入植者の登山記録をたどれば、1725年7月31日、サミュエル・ウィラード大尉（Captain Samuel Willard）率いるインディアン掃討隊が登ったのが最古の記録である（Mansfield 10）。登山記録ではないが、1796年9月27日に、コネチカット・ウィッツの一人ティモシー・ドワイト（Timothy Dwight）が、アーマストに近いホリョーク山（Mount Holyoke）に登り、北東50マイルにモナドノック山を遠望している（*Travels in New-England and New-York*, Vol. 1, p. 320）。

　エマソンとソローのモナドノック登山歴について簡潔に記しておこう。エマソンが最初に登ったのは1838年であるが、記録に乏しい（*Major Poetry* 51）。1842年7月19日、ソローがマーガレット・フラーの弟リチャードと共にウォチューセッツ山（Mount Wachusetts）に登り、北西方向にモナドノック山を遠望している（"A Walk to Wachusetts"）。ソローの第1回モナドノック登山は1844年7月であるが、頂上で夜を過ごしたこと以外、

Mount Monadnock from Beech Hill, Keene, New Hampshire（1870 年代）

詳細は不明である。1845 年 5 月 3 日、エマソンが頂上から日の出を拝み、長詩「モナドノック」の最初の草稿を作っている（*Journals*, Vol. 7 [1913], pp. 41-42）。1852 年 9 月 6-7 日、ソローが 2 回目の登山を行なっている。次いで 1858 年 6 月 2-4 日には親友ブレイク（H. G. O. Blake）と共に 3 回目、1860 年 8 月 4-9 日にはエラリー・チャニング（Ellery Channing）と共に第 4 回の登山を行なっている（Howarth 287-365）。1866 年 6 月 27 日、63 歳になったエマソンが家族や友人計 8 人（うち女性 4 人）と共に最後のモナドノック登山を行なっている。持参したテントは女性たちが使い、男たちは野宿した（*Journals*, Vol. 10 [1914], p. 149）。

（2）テクストと詩の概略

テクストは初版 *Poems*（Boston: James Munroe and Company, 1847）に依拠する（pp. 94-114）。現在のもっとも信頼できる *Poems and Translations*（Library of America, 1994）に収められた "Monadnoc" も

初版テクストに依拠している。

　最新の詩集である Albert J. von Frank 編の *The Major Poetry of Ralph Waldo Emerson*（Cambridge, MA: Harvard University Press, 2015）（同じ編者他による *Collected Works*, Vol. 9 [2011] に依拠）所収のテクストは初版とは相違がある。単語レベルの細かい違いが数十箇所あるが、最も大きいのは、「山の民」の卑俗さを述べた（貶した）詩行を3箇所で計10行削除していることである。すでに *Selected Poems*（1876）の時点で、これら10行は削除されている（pp. 141-54）。19世紀末の James E. Cabot 編の *Complete Works*, Vol. 9（Boston: Houghton-Mifflin, 1896）でも、20世紀初頭の Edward Waldo Emerson 編の *Complete Works*, Vol. 9（Boston: Houghton-Mifflin, 1904）でも削除されたままである。私見では「政治的に正しくない」初版の方が面白い。エマソン自身の手になる revision は1856年に始まっている。異同の詳細については Library of America 版詩集の後註（pp. 592-94）を参照のこと。

　詩の長さは、初版で428行である（*Major Poetry* 版では418行）。*Selected Poems* 以降、全集版でも ll. 74-77, ll. 133-34, ll. 203-6 の計10行は削除されている。和訳付で引用すれば以下の通りである。

ll. 74-77

He was no eagle, and no earl; --
Alas! my foundling was a churl,
With heart of cat and eyes of bug,
Dull victim of his pipe and mug.

彼は鷲でも伯爵でもなかった。／悲しいかな！　私の拾い子は、猫の心臓を持ち／虫の眼を持った卑屈な農民だった、／パイプとマグの退屈な犠牲者だった。

ll. 133-34

Found I not a minstrel seed,

But men of bone, and good at need.

吟遊詩人の種子はひとつとして見つからなかった、／困窮した骨太の
人々ばかりだった。

ll. 203-6

To student ears keen relished jokes

On truck, and stock, and farming folks,

Nought the mountain yields thereof,

But savage health and sinews tough.

初学者の耳に、荷馬車や根株や耕作民をネタに／どぎつい味の冗談を飛
ばす。／山は、野蛮な健康と強靱な腱のほかには／何も産み出さない。

執筆開始については、*Complete Works* Vol. 9（1904）の註によれば、
1833-46 年の verse-book に鉛筆書きの即興詩（30 行）が載って
おり、「1845 年 5 月 3 日午前 4 時 10 分」の日付がある。内容か
らして、明らかにモナドノック山上で夜明けを待ちながら書か
れたものと思われる。同じ草稿は *Journals* Vol. 7（1913), pp. 41-42
にも見える。
　類似作品に「ハマトレイヤ」（"Hamatreya"）がある。大地の
霊が語る（歌う）という点で「モナドノック」と同工異曲なが
ら、ずっとコンパクトな詩である。古い *memento mori* の系譜に
連なると同時に、資本主義的な所有欲を批判する点で、20 世
紀後半のエコロジー思想にも通じる作品であると思う。
　詩の形式については、冒頭数十行には common meter の 4 行

54

詩（quatrain）がいくつか混じるが、基本的には弱強格のカプレット（2行連句）形式である。

　以下は、詩の構成と梗概である（パート区分は筆者による）。

Part 1（ll. 1-67）
読書に倦み疲れた話者（エマソン）をモナドノック山が呼ぶ（ll. 1-26）。話者は招きに応える（ll. 27-30）。続いて話者は山を、その特徴を巧みに捉えたさまざまな呼び名（全篇に頻出）で讃える（ll. 31-67）。

Part 2（ll. 68-128）
（おそらくは、群衆［mob］と化した都市生活者に失望した）話者は、「山の民」に「吟遊詩人の種子」（l. 133）を、「自由の株が根を張る／愛国者たち」（ll. 96-97）を、高潔な独立自営農民（「高貴な蛮人」）を求めるが、代わりに「猫の心臓を持ち／虫の眼を持った卑屈な農民［churl］.....／パイプとマグの退屈な犠牲者」（ll. 75-77）を見出し、失望する。

Part 3（ll. 129-212）
しかしながら、話者は山の民に対して厳し過ぎたと反省し、「多くの村を／山の民の多くの農場を訪ね歩」き（ll. 131-32）、彼らの長所を探し求める。「温和で／巨人のように頑健、幼子のように愚鈍」な性質（ll. 137-38）、農民・狩猟者・漁師としての、受け継がれて来た智恵と技術、勤勉、辛抱強さ、土木技術、再生産力（子沢山）、古い英語の保存者を話者は見出す。しかしついに「吟遊詩人の種子」（l. 133）を見出すことはできない。

Part 4（ll. 213-367）
モナドノック山が語る。山は言う、何千年後、「森が倒れ、人

間が消え」(l. 227) た後に、「余に近づいて来る／燃え盛る琴座」
(“the burning Lyre / Nearing me”[ll. 229-30])を待っている、のだと。
すなわち、山は音楽（詩）の時代の到来を待っている。また自
らについて、こう述べる、「魔法が余をここに固定したのだ／
余は時間の刃に堪える。／より力強い聖歌のうちに滅するまで」
(ll. 245-47)、「より偉大なるものが、脳の中に／余の秘密をもっ
て再び来れば／余は姿を消すだろう」(ll. 282-84)、モナドノッ
ク山は「詩人たる賢者」(“the bard and sage” [l. 304]) を、「かの
快活な吟遊詩人」(“that cheerful troubadour” [l. 307]) を待ってい
ると。しかし「日々余の鏡面の頭を登って来る／種族からは生
まれはしない」(ll. 329-30) と断言し、ボストンから日の出を
見物にやって来た「小綺麗な事務員」(“the spruce clerk” [l. 333])
に、暴力的な宇宙の運動（地球の自転と公転）と荒々しい自然
を見せつけ、街に追い返す。

Part 5 (ll. 368-428)
聖なるもの、不滅なるもの、「人類を補完する者」(l. 395) と
しての山（自然）をたたえる讃歌。

(3)「モナドノック」と天文学、「自己信頼」そしてホイットマン

ここからが本論である。直接対象とするのは「モナドノック」
の半ばの 14 行 (ll. 219-32) である。原文とともに引用する。
この章の末尾に、付録として註釈付きの抄訳を付した。作品未
読の読者はそちらに先に目を通した方がよいかもしれない。
　ここではモナドノック山（の霊）が、話者エマソンに語りか
けている。

And comest thou	そして見慣れぬ森と新雪を見るために
To see strange forests and new snow,	嵩上げされた大地を踏みしめるために
And tread uplifted land?	お前はやって来るだろうか。
And leavest thou thy lowland race,	そしてここで雲の只中に立つために
Here amid clouds to stand?	お前は低地の仲間を棄てるだろうか。
And wouldst be my companion,	余の伴となるだろうか。
Where I gaze,	余はここでじっと眺めている。
And shall gaze,	森が倒れ、人間が消えても
When forests fall, and man is gone,	多くの部族と時代を経ても
Over tribes and over times	あの燃え盛る琴座を、
At the burning Lyre,	何千年をかけて
Nearing me,	北空の星々と共に
With its stars of northern fire,	余に近づいて来る琴座を
In many a thousand years?	じっと眺め続けるだろう。

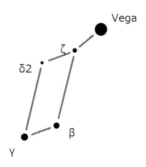

末尾4行中の "the burning Lyre, / Nearing me, / With its stars of northern fire, / In many a thousand years?" は、実のところ、解釈に戸惑う詩句である。琴座は1等星のヴェガ（Vega）と4つの星から構成される星座である。字義通りに取れば、これら5つの

星から成る星座全体が「燃えるように輝き」（"burning"）、「余に近づいて来る」（"Nearing me"）ということだが、まず第一に問題なのは、5つの星のうち圧倒的に明るいのは1等星のヴェガ（全天21個の1等星のひとつで、北天では5番目の明るさ）であり、残りの4つの星は3等星以下だということだ。仮に琴座全体が燃えているように見えるにしても、それはひとえにヴェガの明るさのお陰である。5つの星すべてが眩しく輝いているかのように錯覚させる「燃え盛る琴座」は、詩的表現としてもやや不正確な印象が残る。第二に、字義通りに取れば、琴座の5つの星すべてが「余に近づいて来る」ことになるが、周知のように、ひとつの星座を構成する星々は、地球からの距離がまちまちであることが常である。また、通常その運動方向も同一ではない。エマソンがこのことに無知であるはずがない。なぜなら、恒星の明るさによって地球からの距離を推定し、銀河系（当時は宇宙そのもの）の直径を約6,000光年と推定したウィリアム・ハーシェル（William Herschel, 1738-1822）の業績を熟知していたからだ（その息子ジョンとは親交があった）。そもそも琴座が「私に近づいて来る」とはどういうことか。何の根拠もない詩的夢想なのであろうか。だとすれば、エッセイにおいて天文学の最新の知見をたびたび引き合いに出すエマソンらしくない。

　結論から先に言えば、「燃え盛る琴座」が「余に近づいて来る」と書いてはいるが、エマソンの念頭にあるのはヴェガのことだと思われる。当時はまだ "Vega" という呼称は定着しておらず、"Alpha Lyrae"（琴座の α 星）ないし "Lyra" が使われていた。したがって "the burning Lyre" をエマソンは the burning Lyra と同義で使っていると思われる。本章では「琴座の α 星」ではなく、今日定着している「ヴェガ」を使うことにする。

58

註　ポウの短編 "Mellonta Tauta" と長詩 "Eureka"（ともに 1848 年執筆）にも "Alpha Lyrae" すなわちヴェガへの言及がある。前者では Alpha Lyrae と太陽は連星を成すとしている。後者では Alpha Lyrae までの距離を論じている。

　今日ではヴェガが地球に実際に接近しつつあることが判明しているが（約 264,000 年後に最接近し、その後は遠ざかるとされる）、「モナドノック」執筆開始時点（1845 年）でエマソンがこのことを知っ・て・い・た可能性がある。エマソンがどういう経路で知り得たのか（新聞雑誌からか、知己の天文学者からか）、今のところ筆者には不明だが、1842 年 5 月にオーストリアのドップラー（Christian Doppler, 1803-53）が、連星（binary stars）の観測から、高速で近づく星は青色を帯び（光の周波数が高くなる）、反対に高速で遠ざかる星は赤色を帯びる（光の周波数が低くなる）という理論（ドップラー効果）を発表している。

註　*Über das farbige Licht der Doppelsterne.* 英訳題 : "On the colored light of the double stars"（1842）。当該箇所の英訳を孫引きすると——"...nothing seems to be more intelligible than that, to an observer, the path length and the interim durations between two consecutive breakings of a wave must become shorter if the observer is hurrying toward the oncoming wave, and longer if he is fleeing from it..."（*New World Encyclopedia* on the web）。　「... 次のことほど明白なこともない。すなわち、観察者にとっては、ひとつの波の連続する谷と谷の間の経路長とその間の持続時間は、観察者がやって来る波に向かって急速に近づいているときにはより短くなり、急速に遠ざかっているときにはより長くなるのである」。

ヴェガは青みがかった白色であり、北天では 5 番目に明るい恒星であるから、ドップラーの理論発表直後、地球に近づいて来る星として、まっさきに話題になった、あるいはエマソンが勝手にそう思い込んだ可能性がある（裏づける日誌記事は今のところ発見できない）。青みがかっているから近づいて来るというのは現在から見れば誤謬である。ヴェガの接近速度［視線速度 radial velocity］は約 14km/s であるが、光速にはるかに及ばないこの程度の速度では、目に見えるほど青くならない。また光速に近づくと特殊相対性原理が働き、やはり青く見えない。青白いのはヴェガ固有の色である。しかし結果的にはエマソンは正しかった。これは偶然に過ぎない。ヴェガが遠ざかりつつあると判明する可能性もあった。スペクトラル・スコープ（分光器）の発達と写真術の応用によって、イギリスのハギンズ（William Huggins, 1824-1910）やドイツのフォーゲル（Hermann Karl Vogel, 1841-1907）が、ドップラー効果の原理上の正しさを、光スペクトル中のフラウンホーファー線（Fraunhofer lines）の「青方偏移と赤方偏移」（blueshift and redshift）として確証し、ヴェガを含む恒星の接近や離隔の動きが明らかになるのは、1860 年代末から 1870 年代のことである（Hetherington 302-3; Abetti 194; *Encyclopedia Britannica* on the web）。1840 年代半ばにエマソンが青みがかったヴェガの接近を知ったとすれば、それはドップラーの理論による以外には考えられない。ドップラーの理論は発表直後から物理学者の間にかなりの論争を巻き起こし、天文学者の間では長きにわたって無視された。いかにエマソンが最新の科学の動向に敏感であったか、また、それを詩に取り入れることにいかに貪欲であったかが分かる。

　　註　恒星同士の関係は相対的であり、ヴェガが「近づいて来る」のではなく、われわれの太陽系がヴェガに近づいているとも言

える。1841 年の "Lecture on the Times" を見ると、エマソンがこのことも理解していたことが分かる――"As the solar system moves forward in the heavens, certain stars open before us, and certain stars close up behind us; so is man's life."（*Complete Works*, Vol. 1 [1904], pp. 267-68）。「太陽系が宇宙のなかを前進するにつれて、ある星々が開けてくる一方で、ある星々はわれわれの背後で閉じてゆく。人間の人生もまた同じだ」。

　ヴェガの接近がエマソンを興奮させたのにはもうひとつ理由がある。地球からの距離が測定された最初の恒星（太陽を除く）だったからである。ハーシュフェルドによれば1830 年代は国際的な年周視差測定競争（植民地獲得競争と連動）が熾烈を極めた時代だった。ヴェガの年周視差（annual parallax）の測定に成功したのは、ロシアのストルーヴェ（Friedrich Georg Wilhelm von Struve, 1793-1864）であり、1837 年の著書で0.125 arcsecond と発表している（Hirshfeld 260-61）。これは現在の人工衛星による測定値 0.129 arcsecond（距離にして 26 光年）にきわめて近い。ついで翌年 1838 年にストルーヴェのライバル、ドイツのベッセル（Friedrich Wilhelm Bessel, 1784-1846）が白鳥座の α 星の測定に成功している（0.76 arcsecond、11.4 光年）。

　　註　arcsecond は角度の単位。分度器の 1 度を 3600 等分すると 1
　　arcsecond。その 1/8 がヴェガの年周視差。いかに小さな角度か
　　分かる。年周視差測定競争は精密機器の開発競争でもあった。

　ヴェガはエマソンお気に入りの恒星であった。周知のように1837年の「アメリカの学者」（"The American Scholar"）の冒頭には、次の一文がある（1837 年 8 月 2 日の日誌に対応 [*Journals*, Vol. 4（1914）, p. 262]）――

Who can doubt that <u>poetry will revive and lead in a new age</u>, as
the star in the constellation Harp, which now flames in our zenith,
astronomers announce, shall one day be the pole-star for a thousand
years?（underline added）

いま天頂で燃え盛る琴座の星が、天文学者の発表によれば、
やがて一千年にわたって北極星となるように、<u>詩が蘇って
新しい時代を導き入れる</u>ことを誰が疑えようか。

この北極星の交代は、ヴェガの接近とは無関係で、地軸の歳差
運動（precession、約 26,000 年周期）による。これは地球から
の見かけの運動である。歳差運動は古代から知られている天文
学上の事実である（エッセイ「運命」［"Fate"］に歳差運動とそ
の発見者、ギリシアのヒッパルコス［Hipparchus, 紀元前 2 世紀］
への言及がある）。現在の知見によれば、ヴェガは約 12,000 年
後に北極星となる。かつて約 13,000 年前にも北極星であった。
　「モナドノック」も同じく「詩の復興と新しい時代の到来」
を主題とする。したがって「私に近づいて来る」ヴェガに言及
したとき、エマソンの念頭に、遠い未来における北極星の交代
という天文学の知見があったことは確実である。現在の北極星
（こぐま座の α 星ポラリス）は、これまでの人間の発展（大航
海時代に象徴される地球規模の展開）を導いてきたが、これか
らの人間の発展を導くのは、詩と音楽を象徴する琴座のヴェガ
であるとエマソンは暗示している、と言ってよい。
　この詩と音楽に向かう人間の発展は、私見では、エッセイ「自
己信頼」（"Self-Reliance" [1841]）に表明された人間の自己超克
の思想 "You take the way from man, not to man." に通じる。

And now at last the highest truth on this subject remains unsaid; probably cannot be said; for all that we say is the far-off remembering of the <u>intuition</u>. That thought by what I can now nearest approach to say it, is this. When good is near you, when you have life in yourself, it is not by any known or accustomed way; you shall not discern the footprints of any other; you shall not see the face of man; you shall not hear any name;—the way, the thought, the good shall be <u>wholly strange and new</u>. It shall exclude <u>example and experience</u>. <u>You take the way from man, not to man.</u> (underlines added)

さて、この主題に関する最高の真理をまだ語っていない。たぶん語ることはできない。われわれが語ることは、すべて<u>直観</u>したことを遠く離れた場所から回想したものだからだ。今の私にできる限りで、それに近づいて言えば、その思想はこのようなものだ。善があなたの身近にあるとき、あなた自身のなかに命があるとき、けっして既知の、あるいはたどり慣れた道によって到達したのではない。他人の足跡など見つからないだろう。人間の顔も見ないだろう。誰の名前も聞こえないだろう。その道、その思想、その善は、<u>完全に未知で新しい</u>ものになるはずだ。それは<u>先例や経験</u>を排除するだろう。<u>あなたのたどる道は人間から離れるのであって、人間に向かうのではない</u>。

註　エッセイ "Circles"（1841）では、この秘伝めかした思想が、より平たく、言葉を尽くして説かれる。2箇所だけ引く——
"I unsettle all things. No facts are to me sacred; none are profane; I simply experiment, an endless seeker, with no Past at my back." 「わたしは万物から安定を奪いとってやる。わたしにとって神聖な事実はひとつもない。冒瀆的な事実もない。わたしはただ実験するだけ、背後に「過去」を背おわず終わりなく探求をつづける

者だ」（酒本 下巻 63 頁）

"'A man,' said Oliver Cromwell, 'never rises so high as when he knows not whither he is going.'" 「「人間は」、オリヴァー・クロムウェルが言った、「自分の行く先を知らぬときほど高みにのぼることはない」」（酒本 下巻 66-67 頁）

人間に向かう歩みではなく、人間から離れる歩み。人間の自己超克。個としての自己超克だけでなく、種（species）としての自己超克。「完全に未知で新しい」人間（ニーチェの超人を想起させる）、あるいはエッセイ「詩人」（"The Poet"）に言う "eternal man" もしくは "complete man" としての「詩人」に向かう歩みである。そこに向かって歩むには、過去の「先例も経験」も何の役にも立たない。信頼できるのは自己（の「直観」）のみである。エマソンは琴座のヴェガが導き手であることを暗示する。ということはエマソンにとってはヴェガは信頼すべき自己そのものだということになる。

　「自己信頼」には、信頼すべき自己を、年周視差（parallax）のない（三角法では距離を測れない、無限のかなたの）恒星に喩えている一節もある――

The magnetism which all original action exerts is explained when we inquire the reason of self-trust. Who is the Trustee? What is the aboriginal Self, on which a universal reliance may be grounded? What is the nature and power of that science-baffling star, without parallax, without calculable elements, which shoots a ray of beauty even into trivial and impure actions, if the least mark of independence appear?

（underline added）

独自の行為であればすべて例外なく発揮するあの磁力は、自

64

己信頼の理由をたずねてみれば説明がつく。「信頼される者」はいったい誰だ。普遍的な信頼の根拠であるかもしれぬ元来の「自己」とは何だ。視差もなく、算出可能な要素もなく、もしも自立の印がわずかでも現われれば、些細で不純な行為にさえひとすじの美しい光を送りこみ、科学を困惑させてしまうあの星の本性と能力はいったい何だ。

(酒本 上巻 212 頁)

それに比べて、同じく信頼すべき自己である恒星ヴェガは、地球から距離を測定できる近さにあり、かつ、自らこちらに近づいて来るのである。エマソンにとってヴェガがいかにめでたい、慶賀すべき星であったか想像に難くない。

エッセイ「円」("Circles")にも年周視差に言及している一節がある——

Literature is a point outside of our hodiernal circle, through which a new one may be described. The use of literature is to afford us a platform whence we may command a view of our present life, a purchase by which we may move it. We fill ourselves with ancient learning, install ourselves the best we can in Greek, in Punic, in Roman houses, only that we may wiselier see French, English, and American houses and modes of living. In like manner, we see literature best from the midst of wild nature, or from the din of affairs, or from a high religion. The field cannot be well seen from within the field. The astronomer must have his diameter of the earth's orbit as a base to find the parallax of any star. Therefore we value the poet. (underline added)

文学は、われわれが現在描いている円の外側にある一点で

あり、新しい円を描くための起点になるかもしれないものだ。文学の用途は、われわれが自分たちの現在の生活を見わたせるような足場、現在の生活を動かせるような梃子を、われわれに提供してくれることだ。われわれが古い時代の学問をわが身に詰めこみ、ギリシャ、古代カルタゴ、ローマの家屋に腰をすえるのも、ひとえにフランス、イギリス、アメリカの家屋や生活様式を、もっと賢く眺めるためだ。同様に文学も、野生の自然のさなかから、かまびすしい現世、あるいは高尚な宗教から眺めるのがいちばんいい。野原は野原のなかにいてはよく見えない。天文学者は、どの星の視差を知るためにも、まずその基礎として、地球の軌道の直径をちゃんと心得ていなければならない。だからこそ詩人がわれわれには貴重なのだ。　　　　　　（酒本 下巻 56 頁）

ここでは文学が、「われわれが現在描いている円」（"our hodiernal circle"、地球の公転軌道）、すなわち「われわれの現在の生」を外から眺める視点とされ、同時に円の内部にいるわれわれが、円には「外部」（「自己信頼」の "the way from man"）があることを知るよすがとされている。そういう文学が、年周視差のある恒星（地球に近い恒星）に喩えられている。そしてそこに到達できる人間（自己超克を遂げた人間）が "the poet" と呼ばれている。"any star" とはあるが、ここでもエマソンの念頭あるのはヴェガであろう。「われわれ」の「現在の生」を外から眺める視点としてのヴェガ（すなわち信頼すべき自己）というのは、今日的な越境の思想に通じるかもしれない。

　"You take the way from man, not to man." を含む「自己信頼」の一節に戻れば、これに対応する日誌は、*The Annotated Emerson* の註によれば、次のようになっている――

66

Journal〔Nov. 14, 1838〕: "It shall exclude all other being. There shall be no fear in it. <u>To climb that most holy mountain, you must tread on Fear.</u> You take the way *from* man not *to* man. Quit the shore & go out to sea. Christian, Jew, Pagan, leave all behind you & rush"〔the sentence breaks off; J 7:151〕

〔*The Annotated Emerson*, p. 175, underline added〕

日誌（1838年11月14日）:「それは他のすべての存在を排除するだろう。そのなかには恐怖はないだろう。<u>あのこの上なく聖なる山に登るには、お前は〈恐怖〉を踏みつけねばならない。</u>お前は人間に至る道ではなく、人間から離れる道をとらねばならない。岸辺を離れ、海に出るのだ。キリスト教徒よ、ユダヤ教徒よ、異教徒よ、すべてを後に残して、急げ」（最後の一文は未完結）

ヴェガを導き手として、人間が目指す（登る）べき目的地（自己超克）が「あのこの上なく聖なる山」と呼ばれているわけだが、この暗喩は、この日誌記事の7年後に書かれる「モナドノック」との関連で非常に興味深い。"you must tread on Fear"の大文字で始まる"Fear"は、モナドノック山上で「小綺麗な事務員」（"the spruce clerk"）が感じる「恐怖」と同じだ、と筆者は解釈したい。

　　註　この"Fear"は、ソローを引き合いに出せば、1846年の夏、メイン州のカターディン山（Mount Ktaadn）下山途中に彼を震撼させた"Burnt Lands"の恐怖に通じるだろう。また、エマソン自身のエッセイ"Circles"中の"the terror of reform"にも比せられよう。

　エマソンが "the way from man" と言うとき、この "man" には、当時のアメリカ社会が含意されていたはずである。「モナドノック」の随所に、エマソンの辛辣な現代社会批判が見られる。自己充足的、自己満足的なブルジョア社会、物質文明を難じるときのエマソンの言葉の、ソローに劣らぬ激しさをいまさら強調するまでもないだろうが、「自己信頼」からいくつか拾っておこう——「現代の淀みない凡庸と浅ましい充足」("the smooth mediocrity and squalid contentment of the times")、「誰もが社会の進歩を鼻にかけ、しかも誰ひとり進歩しない。社会はけっして前に進まない」("All men plume themselves on the improvement of society, and no man improves. Society never advances.")、「人間は街よりも立派なものではなかろうか」("Is not a man better than a town?")。資本主義的主体、都市住民的存在については——「人形同然の都会人」("a hundred of these city dolls")、「しかしいまはわれわれも群衆だ」("But now we are a mob.")。

　エマソンは、己の利益（幸福）の追求にのみ汲々としている、同時代の市民たちの生き方を批判している。後にソローが「マサチューセッツの奴隷制」("Slavery in Massachusetts" [1854]) において痛烈に批判したのも、公的領域に個として関わろうとしない、あるいはそういう余裕をなくした市民たちの在り方だった。対照的に行動主義に距離を置いて、人間の自己超克を説くのはエマソンらしいところである。そのような自己超克の指針となるのが、エマソンにとってはヴェガであった。

　私見ではホイットマンの後期の代表作「インド航路」("Passage to India" [1871]) は、「モナドノック」に酷似している。「インド航路」第5セクションの冒頭行「おお、宇宙を遊弋する大いなる球体よ」("O vast Rondure, swimming in space,") では、ホイットマンの想像力は宇宙に飛び出し、あたかも人工衛星の視点か

68

ら、丸い地球を俯瞰する。これはモナドノック山上からの俯瞰に対応する。第2連では、アダムとイブのエデン追放に始まる人類の長い放浪の苦難が回顧される。この苦難に目的はあるのか、報われる（"justify"）ときは来るのかと、詩人は半ば絶望しかけて問う（第3連）。しかし希望を捨てることなく、己の魂（"soul"）に言い聞かせる（第4連）——人類の探究がすべて完了したとき、ついには人類の苦難の理由を解き明かしてくれる「詩人」が歌を歌いながらやって来るのだと（"Finally shall come the Poet, worthy that name;"）。これは「モナドノック」の "that cheerful troubadour" あるいは "the bard and sage" に対応していると言える。

　また「自己信頼」の "You take the way from man, not to man." との関連からすれば、ホイットマンが悼み、かつ寿ぐこれまでの人類の歩み（"Passage to India"）は "the way to man" に対応し、ホイットマンが未知への航海として展望するこれからの人類の歩み（"Passage to more than India"[Section 9]）は "the way from man" に対応する。

　　註　"O vast Rondure, swimming in space," は、「モナドノック」の "the round sky-cleaving boat"（l. 292）に類似している。さらに、"Nature" の "this green ball which floats him through the heavens" には酷似している。しかし、いずれもブレイク（William Blake）へのアルージョンかもしれない——"As to that false appearance which appears to the reasoner / As of a Globe rolling thro' Voidness, it is a delusion of Ulro."（Milton, underline added）。なお、「モナドノック」にもブレイクへの明白なアルージョンがある——"Eyes that frame cities where none be, / And hands that stablish what these see;"（"What immortal hand or eye, / Could frame thy fearful symmetry?" Blake, "The Tyger"）

気宇壮大な詩篇である。しかし、メシア信仰（キリスト再臨）をなぞっているようなところがある。南北戦争後の合衆国の実相が垣間見られず、あまりに楽天的、現状肯定的な側面も見える。自称桂冠詩人的な意識も見え隠れする。詩想（思想）の深度から言えば、具体性、個別性に富んだ「モナドノック」の方がはるかに優っているように筆者には思える。

　むしろ、通常、死後の世界を主題とする詩としてよく知られたホイットマンの "Darest thou now, O Soul," で始まる短い詩（1868 年）の方が、「自己信頼」の "the way from man" の思想をよく体現しているように思える。

Darest thou now O soul,

Walk out with me toward the <u>unknown</u> region,

Where neither ground is for <u>the feet nor any path to follow</u>?

No map there, nor guide,

<u>Nor voice sounding</u>, nor touch of human hand,

Nor <u>face</u> with blooming flesh, nor lips, nor eyes, are in that land.

I know it not O soul,

Nor dost thou, all is a blank before us,

All waits undream'd of in that region, that inaccessible land.

Till when the ties loosen,

All but the ties eternal, Time and Space,

Nor darkness, gravitation, sense, nor any bounds bounding us.

Then we burst forth, we float,

In Time and Space O soul, prepared for them,

70

Equal, equipt at last, (O joy! O fruit of all!) them to fulfil O soul.

(underlines added)

おお魂よ、勇気があるか、
ぼくと共に<u>未知</u>の領域に歩き出す勇気が。
そこは<u>足</u>を踏み下ろす地面も、<u>たどるべき小道</u>も<u>ない</u>。

地図もなく、案内人もなく、
<u>声も</u>響かず、触れる手もない。
若々しい<u>顔</u>も、唇も、眼も、その国にはない。

おお魂よ、ぼくはその国を知らない、
お前も知らない。前に広がるのはまったくの空白。
その近づきがたい国で待ち受けているのは、夢想だにもしないもの。

いつか、すべての絆がゆるむ
「時間」と「空間」という永遠の絆を除いて。
闇も重力も意識も、どんな縛めもぼくらをしばることがなくなる。

その時が至れば、ぼくらは飛び出し、ふわりと浮かぶのだ、
おお魂よ、「時間」と「空間」のなかに、用意は万端。
対等に、(おお喜びよ！　万物の実りよ！)それらを満たそう、おお魂よ。

とりわけ、冒頭2連6行の語彙や表現が、先に引用したエマソンの「自己信頼」の一節の第3センテンスとよく似ている。比較の便宜のため、下線を付して再度引用する──

When good is near you, when you have life in yourself, it is <u>not</u> by
any <u>known</u> or accustomed way; you shall not discern <u>the footprints
of any other</u>; you shall not see the <u>face</u> of man; you shall <u>not hear any
name</u>;—the way, the thought, the good shall be wholly strange and
new.

類似箇所を抜き出せば以下の通りである。

（Whitman / Emerson）
"unknown" / "not ... known"
"the feet nor any path to follow" / "the footprints of any other"
"face" / "face"
"Nor voice sounding" / "not hear any name"

エマソンの文章は 55 語から成り、ホイットマンの詩の冒頭 2
連は 51 語である。その中で、4 つの語句がほぼ一致している。
偶然とは言いがたい。ホイットマンがエマソンを下敷きにして
いると断じても許されると思う。
　この詩は、「天上の死のささやき」（"Whispers of Heavenly
Death"）の表題のもとに集められた 18 篇の詩のうちの冒頭を
飾る作品だが、特筆すべきことに、他の詩篇と異なり、この作
品に限って死を直接意味する表現は見当たらない。したがって、
元来は、エマソンのいう「人間から離れる道」（"the way from
man"）をたどる旅の覚束なさを表現することを意図した、と
言えそうである。

引用参照文献

[一次文献]

Emerson, Ralph Waldo. *The Annotated Emerson.* Edited by David Mikics. Cambridge, MA: Harvard University Press, 2012.

———. *The Complete Works.* Edited by Edward Waldo Emerson. Boston: Houghton Mifflin, 1904.（quod.lib.umich.edu/e/emerson/）

———. *The Major Poetry.* Edited by Albert J. von Frank. Cambridge, MA: Harvard University Press, 2015.

———. *Poems.* Boston: James Munroe and Company, 1847.

———. *Selected Poems.* Boston: James R. Osgood and Company, 1876.

[二次文献]

Abetti, Giorgio. *The History of Astronomy.* Translated by Betty Burr Abetti. London: Sidgwick and Jackson, 1954.

Hearnshaw, John B. "Spectroscopy." Chapter 17 of *Cosmology: Historical, Literary, Philosophical, Religious, and Scientific Perspectives.* Edited by Norriss S. Hetherington. Garland, 1993. 301-17.

Hirshfeld, Alan W. *Parallax: The Race to Measure the Cosmos.* New York: Dover, 2013.

Howarth, William. *Thoreau in the Mountains.* New York: Farrar, Straus, Giroux, 1982.

Mansfield, Howard, editor. *Where the Mountain Stands Alone.* Lebanon, NH: University Press of New England, 2006.

Whitman, Walt. *Leaves of Grass.* Library of America, 1992.

[日本語文献]

ラルフ・ウォルドー・エマソン、『エマソン詩選』、小田敦子・武田雅子・野田明・藤田佳子訳、未來社、2016 年。

———、『エマソン論文集』上下、酒本雅之訳、岩波文庫、1973 年。

付録 「モナドノック」抄訳 （江田孝臣訳）

　　モナドノック　　　　　　　ラルフ・ウォルドー・エマソン

（ll. 1-11）
一千人の吟遊詩人が私の中で目覚めた。
「われらの音楽は山にあり」。
心躍る絵が浮かび、私を虜にした。
豹柄の小川だ。
「登れ！　ブナとマツの生い茂る薄明の荘園に
呼び招く者が誰かを、もし汝知るならば！
川と川に挟まれた土地を見おろし
耕作限界線よりも高く、
土地所有者の一番奥の石垣よりも上方にそびえる。
押し寄せる風景のうねりを
空の要塞が見おろす場所に。

　　　註　「われらの音楽」——ブナやマツの枝を渡る風が奏でる音
　　楽（Cf. "Woodnotes II"）。「薄明の荘園」、「空の要塞」——いず
　　れも Mount Monadnock（以下 MM と略記）を指す。とりわけ「空
　　の要塞」（"the airy citadel"）は卓抜な表現である。19世紀初め、
　　MM 山頂は狼の巣窟となったため、周辺住民によって樹木が焼
　　き払われ、岩が剥き出しの状態になった。まさしく要塞のよう
　　に見える。頂上に樹木がなく、360度周囲を見渡せるのが、登
　　山者にとってはこの山の魅力のひとつである。「川と川に挟ま
　　れた土地を見おろし」——MM は西のコネチカット川と東のメ
　　リマック川の分水嶺である。

（ll. 66-81）
おお、最古の科学によって造られ、展示された
植物と石からなる奇跡の舟よ！

私は言った、「ここを故郷とする者は幸いだ
山の民に幸運あれ！
自然が最貧の者に与えた恵みが
眼前に王侯の遊び場を展開したのだ」。
私はその地方を探し回り
低い小屋の中に、目当ての王様を見出した。
彼は鷲でも伯爵でもなかった。
悲しいかな！　私の拾い子は、猫の心臓を持ち
虫の眼を持った卑屈な農民だった。
パイプとマグの退屈な犠牲者だった。
ああ、希望の潰えた私の苦しみと言ったら！
主よ、この誇り高い苗床が
神の代官のために育て得たのは
あの汚らしい百姓だけだったのですか？

　　　註　ll. 74-77 は *Selected Poems*（1876）では削除されている。「奇跡
　　　の舟」——MM は孤立峰で、周りを広い盆地が囲んでいる。盆
　　　地には湖が多い。エマソンは MM を海に浮かぶ舟とイメージし
　　　ている。おそらくノアの箱舟とアララト山も意識している。
　　　「伯爵」（"earl"）と「卑屈な農民」（"churl"）が絶妙な韻を踏む。「こ
　　　の誇り高い苗床」＝ MM。

（ll. 114-54）
そして、雄々しく優美な峰々がこうほのめかす——
己の土地の教えによって

人間はこの懸崖に、精神の汚染と
戦うための砦を見出すべし、と。
じくじく、どろどろと広がる悪のただ中にあっても
この堅固な土台のように不変不動であれ
素朴を戦略として
街の狂気を押しとどめよ。
だが勇ましい古い型が毀れ
山の民が、酒場で飲み騒ぐ
卑屈な農民になり果てたら――
おお山よ、沼に沈め！
汝の空に姿を隠せ！　おお全能のランプよ！
高地が育む木の葉のように朽ち果てよ！
親も残らず、子も継がぬまま！

いや、厳し過ぎた。気を悪くしたミューズに
重労働の不運を蔑ませてはならない。
それで私は多くの村を、山の民の
多くの農場を訪ね歩いた。
吟遊詩人の種子はひとつとして見つからなかった、
困窮した骨太の人々ばかりだった。
教区の尖塔のまわりに
高地の民はぬくぬくと寄り添っている。
荒々しく騒々しいが、温和で
巨人のように頑健、幼子のように愚鈍
むさ苦しい部屋で煙草を吹かす。
いまだ西国の風が吹かない
この荒くれた外見のなかに西の魔術師が
潜む、かれらは仕事に励む。
汗と季節がかれらの技巧

その守り札は鋤<ruby>鋤<rt>すき</rt></ruby>と荷車。
子供でも、凍てついた土地から
たやすく蜜を集められる。
沼地を甘い干し草で飾り
流砂をトウモロコシに変えられる。
狼と狐の代わりに、低く啼<ruby>啼<rt>な</rt></ruby>く牛や羊
冷たい苔の代わりに、クリームと凝乳<ruby>凝乳<rt>カード</rt></ruby>。
小枝を編んで籠やマットにする。
大甕に何杯も甘いメープルを集める。
空を切る鳥たちも
彼らのライフルや罠から逃れられない。

　　　註　最初の8行は痛烈な同時代社会、文明批判である。ll. 133-
　　　34は *Selected Poems* では削除。

———————————————————————————

（ll. 207-32）
私は頂上に立ち、水浸しの
広大な野を見おろした。
そびえ立つ山は、私には
まったくの静寂とは思えなかった。
それは無言の意味を伝えてきた。
私の聞き違いでなければ、こう語ったのだ——

夏が来ると早くも、多くの足が
遥かな余の山頂を目指す。
余の寂しき頭は、太陽のように古く
その影のように古い。怖れられる冬季には
雲の下、余の頭を登る者は
まだらな影の他にはない。

そして見慣れぬ森と新雪を見るために
嵩上げされた大地を踏みしめるために
お前はやって来るだろうか。
そしてここで雲の只中に立つために
お前は低地の仲間を棄てるだろうか。
そして余の伴となるだろうか。
余はここでじっと眺めている。
森が倒れ、人間が消えても
多くの部族と時代を経ても
あの燃え盛る琴座を、
何千年をかけて
北空の星々と共に
余に近づいて来る琴座を
じっと眺め続けるだろう。

　　　註　「水浸しの／広大な野」——MM の周囲には湖が多い。「私
　　の聞き違いでなければ、こう語ったのだ——」（"If I err not, thus
　　it said: --"）はニーチェの *Also sprach Zarathustra*（1885）を想起させ
　　る。Zarathustra は山で悟りをひらき、山を下って人々に教えを
　　説く。「余はここでじっと眺めている」——山は詩と音楽の時
　　代の到来を待っている。

(ll. 276-98)
モナドノックはわが同胞の中でも強靭で
丈高く、善良な山だ。
だが余はよく知っている、どんな山も
完璧な人間には及ばぬことを。
なぜなら寺院の壁に書いてあるからだ。

剛はすなわち柔なり、と。
そしてより偉大なるものが、脳の中に
わが秘密をもって再び来れば
日々、山や牧場の上を滑りゆく
わが影のように、余は姿を消すだろう。
「余には絶えず
近づいて来る足音が聞こえる。
火打石の山道を今歩いている足音が、
やがて姿を現わし、
余が日々背負っている森と小川を
同じように軽々と背負うだろう人の足音が。
その間、空を突き進みゆく丸い船は

けっしてその岩石の梁を軋ませることなく
静かに浮かぶ甲板上には
アルプスとコーカサスの山々が
近くは、長いアレゲニー山脈が聳え立ち
町々をまき散らしたすべての土地と共に
全歴史を背負って星々の中を帆走する。

　　　註　「丸い船」——地球のこと。ホイットマンの "Passage to India"
　　　の一節 "O vast Rondure, swimming in space," を想起させる。

_____

（ll. 303-14）
幾時代もの間、ここに固定されたまま
余は賢人たる詩人を待っている。
彼は、大いなる思考の中で、美しい真珠の種のごとく
モナドノックを数珠玉のひとつに加えるだろう。
かの快活な吟遊詩人が来れば

この塚はその面前で鼓動するだろう。
かつて内なる炎と苦しみをかかえて
平原から泡となって盛り上がった時のように。
その者が来れば、余は
頭の中のこの湧き井戸から
地上のどんな古酒よりも香り高い
泉水のしずくを垂らそう。

　　　註　「平原から泡となって盛り上がった」——MM がかつて活
　　　火山であったことが正しく認識されている。

（ll. 329-67）
彼は来る、だが日々余の鏡面の頭を登って来る
種族からは生まれはしない。
しばしば、朝が余の首に花輪を置くときは
夜の最後の幼芽が逃げ出し
サウス・コーヴやシティー埠頭から
小綺麗な事務員が息せき切ってここに登って来る。
余はこの男を険しい脇腹に引き上げる。
後悔半分で息も絶え絶えだ。
ビーズの眼にわが花崗岩の混沌と
真夏の雪を見せてやる。
眼下に気も挫（くじ）ける地図を広げてやる。
この男の住む街も海も陸も
片手の大きさに縮む。
汽車の旅程もわずか二百ヤードに過ぎない。
街の上方にはきらめく靄（もや）がかかっている。
余は男の眼を大地を囲む空の輪に釘づけにする。
「地球という弾丸の

　暗灰色の回転を見よ。
　お前たちは帆走する
　大陸なき海を
　真っ逆さまに落下しながら。」
男はそれを眺め、真っ青になる。
この当てにならない凪
この農場の畝が走り、街で覆われた球体は
心配げな貨物のことなどお構いなく
限りを知らず闇雲に突き進む。
そしてこの憐れな寄食者は、自分では
舵を取れない船に閉じこもる。
誰が船長かを、この男は知らない。
港も水先案内人も、この男は知らない。
危険も難破も共有するしかない。
余は雲を使ってこの男にしかめ面を見せる。
北風を使って血を凍らす。
岩場で足を挫けさせる。
男は命の危険を感じる。
それでやっと山を下り、小綺麗な街に
帰るのを許してやる。
男は仲間に恐ろしかったことを語り
できることなら、余のことを忘れるだろう。」

　　　註　「サウス・コーヴやシティー埠頭」──ボストン港にある。
　　「小綺麗な事務員」は山頂で日の出を見るために早朝登山を
　　する。「汽車の旅程もわずか二百ヤードに過ぎない。／街の上
　　方にはきらめく靄がかかっている。」──ボストンがすぐ間近
　　に見える。ボストンから MM 近くまで鉄道が延びて、まだ 1,
　　2 年に過ぎない。「きらめく靄」はボストンの工場から立ちのぼ
　　る煤煙かもしれない。「この当てにならない凪」（"this treacherous

kite "）――卓抜な表現である。「地球という弾丸の …… 真っ逆
さまに落下しながら。」――太陽が東の地平線から昇って来る。
しかし実際には、太陽と反対方向（下方）に地球が高速で自転
（「落下」）しているためである。事務員は宇宙の暴力的な実相
を見せつけられ、恐れおののく。「限りを知らず闇雲に突き進む」
――地球の公転運動を指す。

(ll. 395-422)
人類を補完する者よ。
なおも汝は我らに優越し
我らの贅沢な赤貧を
おお不毛な塚よ、汝の豊潤が満たす。
我らは馬鹿をやり、無駄話をする、
汝は無言で、沈着だ。
不変の山は百万の種と時に
ひとつの意味を施す。
無数の雪と葉を落とし続けながら、
唯ひとつの喜びを喜び、唯ひとつの悲しみを悲しむ。
汝は見る、おお丈高き監視人よ、
我らが街や種族が盛衰するのを。
そして、我らが形なき精神から移行しつつ、
一生の間求め続ける
不変の善を想像する。
そして実体は我らの手をすり抜けるが、
我らは汝のなかにその影を見出す。
汝は、我らの天文学では
遥か彼方、
地平線の輪の上に
偶々見える霞んだ星だ。

どこか、より大胆な高みを疾走する
鉄道旅の団体によって
用心深い野心によって
逸脱した利潤によって
飲み騒ぐ者たち、軽薄な者たちによって
汝は我らを思い出し
正気を保つ。

　　　註　きわめて辛辣な同時代社会批判である。モナドノック山は
　　　　　人間たちの狂気を思うことによって、自らの「正気を保つ」のだ。

第 3 章

時空を超える贈与交換
——ソローの「冬の池」と氷貿易

> 「西風が吹いて、ネヴァ川があふれて
> 凍ると、サンクト・ペテルブルグは
> 地上から消えてしまうという話だ」

(1)「冬の池」のエンディング——商品交換 vs. 贈与交換

『ウォールデン』(*Walden*) における 19 世紀ボストンの氷貿易
(ice trade) について論じる。このテーマに関する日本における
先行研究としては、資料を博捜した竹谷悦子著「『ウォールデ
ン』のジオポリティクス——地図と氷貿易——」(『ヘンリー・
ソロー研究』第 22 号、1996 年 3 月、日本ソロー学会、42-58 頁)
が卓越している。その前半部 (I 〜 III) はきわめて情報豊かで、
示唆に富む。しかし、その後半部 (IV, V) の議論の一部には同
意できない。ここでは贈与論の視座から、最後から 3 番目の章
「冬の池」("The Pond in Winter") 末尾のパラグラフの再解釈を
試みることから始めたい。まずは竹谷論文後半部から 4 箇所を
引用する。

　引用 1 　　　　　　　　　　　　　　　　(48 頁、下線江田)

In the morning I bathe my intellect in the stupendous and
cosmogonal philosophy of the Bhagvat Geeta.... I lay down the book
and go to my well for water, and lo! there I meet the servant of the
Brahmin, priest of Brahma and Vishnu and Indra, who still sits in

84

his temple on the Ganges reading the Vedas, or dwells at the root of a tree with his crust and water jug. I meet his servant come to draw water for his master, and our buckets as it were grate together in the same well. The pure Walden water is mingled with the sacred water of the Ganges.（298）

　神話的な異国インドとウォールデンは時間と空間を越えて一体化し、ソローの超絶主義の言説は古代インド哲学との類縁において普遍化される。
　ここで<u>ソローの超絶主義を支えるレトリックが、ウォールデンとインドを結びつける十九世紀アメリカの氷産業のジオポリティクスを反復している</u>ことは極めて重要なことである。

引用2　　　　　　　　　　　　　　　　　　　　（48-49頁）
ソローの超絶主義は西洋の地理学的発見というコロニアルなレトリックを、貿易から思想の領域に転用するのである。

引用3　　　　　　　　　　　　　　　　　（49頁、下線江田）
ソローの超絶主義は古代インド哲学との類縁性のゆえに、まさに時空を越えた普遍性を獲得しているようにみえる。しかし、その一方で、私たちはそれを支えている歴史的言説を見逃すべきではない。これまで見てきたように、ソローのテクストには、アイルランド移民労働力、大英帝国の植民地インドとの氷貿易といった十九世紀アメリカの帝国主義的経済の言説が循環している。<u>「冬の池」の章におけるソローの超絶主義は帝国主義経済の言説をテクストのなかに取り込みつつ、それを書き換えていくことで達成されている。</u>

　　ここで、ソローのテクストが帝国主義の文化の一翼を担っ
ていたと単純に主張するつもりはない。……

引用４　　　　　　　　　　　　　　　　　　　　　（49 頁）
　ソローの超絶主義の持つ普遍性は、彼のテクストが同時代
の経済的な現実から遮断された非歴史的な言説のなかに閉
じこもることによってではなく、むしろダイアロジックな
関係を結ぶことで達成されている。

上の引用に見える「ソローの超絶主義」とか「普遍性」とかが
厳密に何を意味しているのかを竹谷論文は述べていない。筆者
もここでは問わない。複雑な数式をすっきりと見せ、より抽象
度の高い演算を可能にする演算子（operator）のごときものと
して理解しておく。
　この引用中で実践されているのは新歴史主義的なディコンス
トラクションであろう。引用 1, 3 の下線部および引用 2, 4 は、
ほぼ同じ内容の反復に過ぎない。引用 2 ～ 4 中のソローによる
レトリックの転用、言説の書き換え、現実とのダイアロジック
な関係の取り結びの指摘については、筆者は異論がない。しか
しながらその目的が「ソローの超絶主義」が自らに「普遍性」
をまとわせるためだと言われれば、違和感を覚えずにはいられ
ない。
　この論文後半はやや韜晦した物言いになっている。引用 3 の
最後の文で「ソローのテクストが帝国主義の文化の一翼を担っ
ていたと単純に主張するつもりはない」とは述べているが、ソ
ローの反時代性のエヴィデンスとして持ち出されるテクスト
は、2 つの「ペリテクスト」に過ぎない。第 1 章「経済」に引
用されるソローの「家計簿」と「冬の池」に挿入されたウォー
ルデン・ポンドの測深図である。対抗テクストとしてはいかに

も非力ではなかろうか。その上、測深図は一方で「帝国主義的なジオポリティクスを支え」（50頁）ているともされるわけだから、なお一層弱い。したがって、ほぼ同文の反復に等しい引用1, 3の下線部および引用2, 4のうちでは、引用1の「ソローの超絶主義を支えるレトリックが ...... 十九世紀アメリカの氷産業のジオポリティクスを反復している」が著者竹谷の本音であろう。ソローのテクストは「普遍性」獲得のために、帝国主義的経済体制と共犯関係を結んでいる、そう言明していると解釈して構わないだろう。

> 註　ソローの地図制作を「帝国主義的なジオポリティクス」への無意識の加担とする竹谷を伊藤詔子は批判し、むしろ測量士としての仕事には「「伐採林の計画」といった林業と農業の境界領域」（伊藤87頁）も含まれていたがゆえに、ソローは「測量と野生地賞賛の間で引き裂かれる」（88頁）こととなり、「市場経済の申し子であった測量と地図制作の現場から、劇的変化を憂い頑迷な反市場主義者」（89頁）となり、メインの森やケープコッドでの探求を経て、「ウォールデンとは逆の不透過の沼への憧憬を次第に募らせていく」（93頁）としている。

　だが、植民地主義的資本主義のレトリックの反復、転用、書き換えが、直ちに共犯関係に結びつくとは限らない。ディベート術の基本だと思うが、論敵のレトリックを逆手にとって対抗言説を作り出すことも可能である。それとも批判対象の用いる言説を裏返して対抗言説を生産することもまた、主体を批判対象とのイデオロジカルな共犯関係に巻き込むのであろうか。言説は常に先行する言説の模倣である。対抗言説は先行する支配言説の模倣であることがむしろ常である。模倣であるからreferentも常に同じというわけではない。

　竹谷論文で引かれている部分を含む、「冬の池」最後のパラ

グラフの全文を、拙訳を付して引用する。テクストはノートン
版（1992 年）による。

Thus it appears that the sweltering inhabitants of Charleston and
New Orleans, of Madras and Bombay and Calcutta, drink at
my well. In the morning I bathe my intellect in the stupendous
and cosmogonal philosophy of the Bhagvat Geeta, since whose
composition years of the gods have elapsed, and in comparison with
which our modern world and its literature seem puny and trivial; and
I doubt if that philosophy is not to be referred to a previous state of
existence, so remote is its sublimity from our conceptions. I lay down
the book and go to my well for water, and lo! there I meet the servant
of the Bramin, priest of Brahma and Vishnu and Indra, who still sits
in his temple on the Ganges reading the Vedas, or dwells at the root
of a tree with his crust and water jug. I meet his servant come to draw
water for his master, and our buckets as it were grate together in the
same well. The pure Walden water is mingled with the sacred water
of the Ganges. With favoring winds it is wafted past the site of the
fabulous islands of Atlantis and the Hesperides, makes the periplus
of Hanno, and, floating by Ternate and Tidore and the mouth of the
Persian Gulf, melts in the tropic gales of the Indian seas, and is landed
in ports of which Alexander only heard the names. (199)

かくして、チャールストンやニューオーリンズ、はたまたマ
ドラスやボンベイやカルカッタの汗だくの住民たちは、私
の井戸から水を飲んでいることになるらしい。朝起きると、
私は自分の知性を、バガヴァット＝ギータの壮大な宇宙創生
論哲学に沐浴させる。これが書かれて以来、神々の年月は
過ぎ去ってしまい、これに比べれば、われわれの現代世界

とその文学は、ちっぽけで取るに足らない。そして、かの哲学は、前世に属すべきものではないのかと、つい疑ってしまう。それほどに、その崇高さはわれわれの考えることとはかけ離れている。私は本を置き、水を汲みに自分の井戸に行く。すると、見よ、そこで私は、ブラフマーとヴィシュヌとインドラの僧侶たるバラモンの下僕に出会う。バラモンの方はなお、ガンジス川のほとりの寺院に座り、ヴェーダを読んでいる。あるいは、パンの皮と水差しと共に、一本の木の根元に暮らしている。私は、主人のために水を汲みに来た下僕と出会い、われわれの桶は、いわば、同じ井戸のなかで擦れ合う。澄んだウォールデンの水が、ガンジス川の聖なる水に入り混じる。順風によって、それは、伝説上のアトランティスの島々があった場所やヘスペリデスをかすめて吹き運ばれ、ハンノの沿岸航海を行ない、テルナテ島とティドレ島の沖、さらにペルシア湾の入口を漂い、インド洋の熱帯の嵐の中で解け、そして、アレクサンドロス大王も名前しか聞いたことのない港で陸揚げされるのだ。

初見で一読しても、時空を超えたソローと古代インドのバラモン（Brahmin, Bramin）との霊的交感、一体化のロマンティックなヴィジョンが語られていることは分かるだろう。だが、それだけではなさそうな気配も感じられるのではなかろうか。

　「冬の池」のこのパラグラフに先行する部分では、フレデリック・テューダー（Frederic Tudor, 1783-1864）によるウォールデン・ポンドからの氷の切り出しについての記述がある。ウォールデンを含むボストン周辺の湖沼から「収穫」された良質の天然氷は、一定期間保管され、各地の夏の盛りに合わせて、アメリカ南部、カリブ海諸国、ブラジルなどラテンアメリカ諸国、そしてイギリス植民地であったインド（名目上は末期ムガル帝国）

に輸出された。贅沢品の氷を消費するのは当然、南部の富裕な奴隷所有者たちであり、インドを統治するイギリス人高級官僚たちであった。莫大な売り上げによって、テューダーは1847年（ソローがウォールデンを後にした年）には独立戦争後初のミリオネアになっている。

　奴隷制下のアメリカ南部と大英帝国支配下のインドに、「私の井戸」であるウォールデンの氷が輸出されることに、過激な奴隷制廃止論者であり反帝国主義者であるソローは怒り心頭であったはずだ。ここには言及されないが、テューダーがインドでの大成功以前に氷を輸出したのは、やはり奴隷制下のマルティニークやキューバであった。当然ソローは知っていたはずである。テューダーを奴隷制と帝国主義への加担者と見ていたに違いない。政治的信念からではなく、金儲けのためだけに加担しているがゆえに、一層ゆるせなかっただろう。いま問題にしているパラグラフの最初のセンテンスでは、ソローは自分の感情を辛うじて押し殺している。テューダーを名指しで弾劾できない事情については、この章の末尾で述べる。

　抑圧された怒りのエネルギーは、強烈な風刺を産み出す。ソローの幻想では、ウォールデンの水は、空間だけではなく時間を超えて、古代インドのバラモンに届けられる。その修行中のバラモンは飢餓寸前の禁欲生活を送っている――「パンの皮と水差しと共に、一本の木の根元に暮らしている」。この部分はきわめて重要である。このバラモンは、ソローの空想の中では、骨と皮だけだったに違いない。これと対比されているのは、もちろんインドのイギリス人支配者たちだが、彼らの多くがストレスに起因する大食と不摂生な生活のためにひどい肥満体であったことが知られている。サッカレーの『虚栄の市』（*Vanity Fair*, 1849）を思い出す人もいるかもしれない。ベッキー・シャープが結婚相手として最初に目をつける親友アミリアの兄ジョゼ

フは東インド会社に勤めているが、インド勤務から帰ったばかりで、金はもっているがひどい肥満体であった。ディカソンによれば、インドのイギリス人たちは、夕食にはワイン 4, 5 杯を飲みながら 8 コースの料理を食べ、食後にも 1 パイントのワインを飲んだという（Dickason 66）。朝食、昼食も推して知るべしである。ひどい肥満体であるがゆえに、なおさらインドの暑さは彼らには耐え難かった。そこにテューダーの氷への需要があった。

　当時インド帰りのイギリス人の肥満はイギリスではよく知られていた。コンコードのソローの耳にも入っていたに違いない（「師」のエマソンは英国通だった）。空想の中で、やせ細ったバラモンにウォールデンの水を贈るソローは、そこにイギリス帝国主義への痛烈な皮肉を込めている。その皮肉は暗に南部のプランター階級にも向けられていたはずである。

　このパラグラフが秘めているのは痛烈な風刺だけではない。ソローとバラモンの時空を超えた交感（交流）は、単なる風刺の手段ではない。この詩的幻想は正真正銘の霊的交流の幻想である。『ギータ』を書いたバラモンにソローが心からの敬意を表していることは誰の目にも明らかだが、この敬意の表明を贈与交換の観点から分析してみよう。

　端緒となる贈与は、古代インド人から 19 世紀人ヘンリー・ソローへの『バガヴァット＝ギータ』の贈与である。ソローはこの書物を深く偏愛する。その「崇高さ」に圧倒され、「これに比べれば、われわれの現代世界とその文学は、ちっぽけで取るに足らない」とまで言い切る。ソローは遠い過去の死者から大いなる贈与を受けたわけである。贈与を受けた者は返礼（反対給付 counter-gift）の義務を負う。それは目には見えないが、正真正銘の負債（「贈与の一撃」）である。ソローは『ギータ』の著者に何かをお返ししなければならない。しかし贈る物と

いっても、無一物のソローには、小屋の前のウォールデン・ポンドの水くらいしかない。たしかに、贈与交換の論理においては、反対給付の品は必ずしも贈与された品と等価である必要はない。魂（心）が込められていれば、無価値のものでも構わない。だが、実のところソローにとってはウォールデンの水はただの水ではないのである。だからこそ、同じ詩人である・バラモンの下僕が水汲みに現れるのである。ウォールデンの水はソローにとっても、バラモンにとっても詩的霊感そのものだからだ。下僕はソローの贈り物（反対給付）を受け取るために現れたのである。『ギータ』を書いたバラモンへのソローの大いなる敬意がその下僕を呼び寄せた、と言い換えても象徴のレベルでは同じことである。なお、「澄んだウォールデンの水が、ガンジス川の聖なる水に入り混じる。」（"The pure Walden water is mingled with the sacred water of the Ganges."）とは、下僕の水桶にわずかに残っていたガンジスの水とウォールデンの水が混ざることであろう。

　続く最後の長いセンテンスでは、下僕はウォールデンの水を海路インドの主人のもとに届ける。その旅が氷貿易の航路に見立てられる。もちろん、1840 年代にフレデリック・テューダーの氷が古代と同じ沿岸航海（"periplus"）によって運ばれていたわけではない。すでに当時登場していた紅茶運搬用の快速帆船（tea clipper）ほどではないにせよ、帆船時代後期の高性能のブリッグ船（brig）によって、最小限の途中寄港で運ばれていた。1833 年、ブリッグ船タスカニー（Tuscany）号は氷を積んでボストンからカルカッタまでを 4 ヶ月で航行した。喜望峰まわりであるから、赤道を 2 度横断するルートである。ちなみに、1846 年、当時最速のティー・クリッパーであったレインボー号は広東からニューヨークまでを 88 日で航行している。

　速度が利潤を左右する 19 世紀の氷輸送の航路を、亀の歩み

のような「ハンノの沿岸航海」に擬えたのは、ソロー特有の複雑な味わいの諧謔である。ひとつは、「時はカネなり」の忙しない氷貿易ひいては商品交換経済一般を揶揄するためであり、もうひとつにはソローがインドに贈る詩的霊感の源泉としての池の水が、時間のかかる古代の航路によって運ばれても、けっして腐敗することがないことを密かに誇るためである。

　ソローは、帝国主義の言説をもじって、遠い過去の死者に贈り物（贄、オマージュ）を届ける幻想を語り、資本の論理と贈与の論理の相克を際立たせる。それとも、こういう「もじり」もまた、帝国主義的なジオポリティクスに加担する言説であると言い得るのだろうか。

　ウォールデンの水がソローにとって詩的霊感を象徴していることを、他にいちいち例をあげて説明する必要はないように思うが、ひとつだけソローならではの凝りに凝った一節を援用してみよう。

　「動物の隣人たち」（"Brute Neighbors"）の末尾近くに "winged cat" への言及がある。池の岸辺を歩く野良猫に出会ったソローは、唐突にウォールデン・ポンドに近い農場主ギリアン・ベイカーの飼い猫を連想するのだが、その猫は非常に毛深く、冬になって左右の脇腹の毛が長く伸びて平べったくなると、あたかも翼が生えたように見えるのだった。春になって抜け落ちたその翼状の毛をソローは譲り受けている。その回想の最後のセンテンスにこうある。

This would have been the right kind of cat for me to keep, if I had kept any; for why should not a poet's cat be winged as well as his horse?　（156）

ノートン版の編者ロッシ（William Rossi）の註は "Inspired poets are said to ride on Pegasus, a winged horse in Greek mythology."（156）となっているがやや不親切である。これにハーディング（Walter Harding）とクレイマー（Jeffrey S. Cramer）は "a favorite of the Muses" という説明を加え、詩的霊感を連想させる動物としているが、これも物足らない。なぜなら、ペガサスがヘリコーン山の岩をひと蹴りして湧き出したのが、詩の霊感の象徴として知られるヒッポクレーネー（Hippocrene）の泉だからである。

　ソローはウォールデンのほとりで見かけた野良猫をベイカー家の「翼のある猫」に見立て、さらにそれをペガサスに見立てることで、ウォールデン・ポンドに、ヒッポクレーネーの泉の残像を幻視しているわけである。惚れ惚れするほど手が込んでいる。

　　　註　なお、酒本訳には「［ギ神］有翼の天馬で詩神（ミューズ）の乗馬ペガ
　　　ソスのこと。」（359頁）という訳註があるが、飯田訳には註が
　　　ない。

（2）矮小化される氷貿易
——「アイス・キング」フレデリック・テューダー

「ソローの超絶主義」は贈与交換経済に参与することによって「普遍性」を帯びる。それと同時に、ニューイングランドの氷貿易は暗に矮小化されている。この氷貿易の矮小化はなにもこの引用だけではなく、それに先行する部分でも行なわれている。

　ニューイングランドの冒険的企業家精神を体現する「アイス・キング」たるフレデリック・テューダーが卑小化・矮小化されている例を挙げよう。

94

They said that a gentleman farmer, who was behind the scenes, wanted to double his money, which, as I understood, amounted to half a million already; but in order to cover each one of his dollars with another, he took off the only coat, ay, the skin itself, of Walden Pond in the midst of a hard winter.（196-97）

これはきわめて辛辣な、カネの亡者の肖像である。貧者の衣服を奪いとる追剥のようにウォールデン・ポンドの皮を剥いだというのは、揶揄にしても過剰である。ソローの憎悪が陰に籠っている。なお、ここでテューダーが "farmer" と呼ばれるのは、晩年、自宅の農場で観賞用植物の栽培に従事したためである。

　この後のソローの記述では、テューダーの資本倍増の目論見は、自然のしっぺ返しによって、うまく行かなかったような印象を与える。

However, a still greater part of this heap had a different destiny from what was intended; for, either because the ice was found not to keep so well as was expected, containing more air than usual, or for some other reason, it never got to market. This heap, made in the winter of '46-7 and estimated to contain ten thousand tons, was finally covered with hay and boards; and though it was unroofed the following July, and a part of it carried off, the rest remaining exposed to the sun, it stood over that summer and the next winter, and was not quite melted till September, 1848. Thus the pond recovered the greater part.（198）

1846-47 年の冬に切り出された氷の大半が湖畔に放置され、あたかも金儲けの企てが失敗し、この "gentleman farmer" が大損したような印象を読者が受けるように書かれている。しかしな

から、事実は大きく異なる。ニューイングランドには良質の氷を産出する湖は他にも多数あったのだ。たとえば、テューダーの支配下にはなかったらしいが、セイレム近郊のウェナム湖（Wenham Lake）はその氷の純度で有名であり、イギリスではニューイングランドの氷の商標ともなった（Dickason 59）。ウォールデン・ポンドから切り出された氷が放置されたのは、おそらくは利潤率の計算に基づくビジネス上の判断（損切り）に過ぎなかっただろう。

　1806年、カリブ海のマルティニーク島への輸出（130トン）に始まったテューダーの天然氷ビジネスは、最初の十数年はアメリカ南部やカリブ海を主な輸出先としていた。その間、試行錯誤を繰り返し、鳴かず飛ばずの経営状況で、年間輸出量は1万トン以下だった。テューダーはコーヒーや砂糖への投機など他の事業にも手を出し、コーヒー事業の失敗では21万ドルの負債を抱え込んだ。一時、投獄の瀬戸際に立たされたが、債権者を説得し、起死回生を狙ってインドへの天然氷輸出を計画した。1833年9月、タスカニー号が無事カルカッタに入港して以降、テューダーのビジネスは飛躍的に発展した。第2次米英戦争（The War of 1812）で悪化したイギリスと合衆国の関係改善が大きく影響した。テューダーの氷はマドラス、ボンベイにも届けられた。ニューイングランドの天然氷は純度が高く解けにくく、イギリス人支配層から"Americe"と呼ばれ、歓迎された。1830年代半ばには氷は高利潤の商品としての地位を確立した。氷は、解けるのを遅らすために貨物船の喫水線の下に積み込まれた。お陰でバラスト代わりにもなり、喫水線上のスペースには他の輸出品を積載することができた。腐りやすい果実などは最適な積載品だった。氷の切り出し、運搬、貯蔵技術の革新に才能を発揮した部下ナサニエル・J・ワイエス（Nathaniel J. Wyeth）の離反を招くなど、途中失敗もあったが、全体として

はテューダーのビジネスは成長した。成功の秘訣は、産地と輸出先に自前の貯蔵施設（ice house）を持ち、輸出先での販売独占権を確保したことだった。また荷揚げ先で同業他社と競合すると、価格を1ポンド1ペニーという "cut-throat price" まで下げ、相手の船倉や倉庫の氷が売れずに解けるのを待つという非情な手段にまで訴えた。こうして、氷の年間輸出量は順調に伸び、絶頂期の1856年には14万6千トンに達した（Kistler 24）。その成功によってテューダーは、1847年にコーヒー投機の失敗で背負い込んだ21万ドルの負債を7万ドルの利子を付けて返済することができた上に（Chase 117）、独立戦争後初のミリオネアとなった（Dickason 63）。一方で常に市場の独占を目指したため、「アメリカ初のモノポリスト」とも呼ばれた。1870年代になると、インドに機械製氷技術が導入され、またボストン周辺での生産コストが上昇したため、テューダーの氷貿易は衰退した（Dickason 80）。南北戦争後、南部市場が消滅したのも一因だった（Dickason 57）。しかし天然氷資源が豊かであるがゆえに、合衆国での機械製氷産業の発展はかえって他国に後れをとった（Stott 7）。天然氷への需要が絶えるのは、1930年代に電気製氷機が登場した後である。

　それでは、なぜソローはテューダーのビジネスを矮小化するのか。先述したように、ウォールデン・ポンドはソローにとっては想像力の源泉を象徴する。その氷を切り出して現金に換えることは、象徴的な意味のレベルでは、ミューズの贈物を換金することである。贈与交換の論理においては、これは神聖冒瀆の行為である。ソローの言葉では「商売の呪い」（"curse of trade" [p. 47]）の極限である。ソローの怒りはここに発している。

　商品交換が贈与交換を圧倒し去った現代を生きるわれわれにはあまりにもロマンティックに、あるいはセンチメンタルに響くかもしれない。だが、すでに勝敗の行方は見えていたとはい

え、いまだ贈与の論理がかろうじて抵抗を続ける時代を詩人ソローは生きていた。19世紀半ばの交換のパラダイムと現在のそれは異なる。読者は常に座標変換（参照枠の変換）を要求されている。

　「冬の池」の最後のパラグラフにおいては、ふたつのことが行なわれている。ひとつは想像力の源泉を侵害する商品交換の論理（資本の論理）を矮小化し揶揄することであり、いまひとつは、贈与交換の論理に従って、古代インドの叡智に敬意（反対給付）を捧げることである。

（3）資本主義的人間の理想像

竹谷論文は「冬の池」におけるボストンの氷貿易を論じているが、実は氷貿易については第１章「経済」（"Economy"）でも言及される。「経済」の中でも冒頭から遠くない２つのパラグラフである。ただここでは氷貿易がボストンの貿易ビジネス一般に拡張され、帝国主義的な冒険的企業家（merchant adventurer）の理想像が描かれる。「冬の池」の理解を助ける必須の一節だと思える。以下に拙訳を付して引用する。

　I have always endeavored to acquire strict business habits; they are indispensable to every man. If your trade is with the Celestial Empire, then some small counting house on the coast, in some Salem harbor, will be fixture enough. You will export such articles as the country affords, purely native products, much <u>ice</u> and pine timber and a little granite, always in native bottoms. These will be good ventures. To oversee all the details yourself in person; to be at once pilot and captain, and owner and underwriter; to buy and sell and keep the accounts; to read every letter received, and write or read every letter sent; to superintend the discharge of imports night and day; to be upon many parts of the coast almost at the same time;—often the richest freight will be discharged upon a Jersey shore;—to be your own telegraph, unweariedly sweeping the horizon, speaking all passing vessels bound coastwise; to keep up a steady despatch [sic] of commodities, for the supply of such a distant and exorbitant market; to keep yourself informed of the state of the markets, prospects of war and peace every where, and anticipate the tendencies of trade and civilization,—taking advantage of the results of all exploring expeditions, using new passages and all improvements in navigation;—charts to be studied, the position of reefs and new lights and buoys to be ascertained, and ever, and ever, the logarithmic tables to be corrected, for by the error of some calculator the vessel often splits upon a rock that should have reached a friendly pier,—there is the untold fate of La Perouse;—universal science to be kept pace with, studying the lives of all great discoverers and navigators, great adventurers and merchants, from Hanno and the Phoenicians down to our day; in fine, account of stock to be taken from time to time, to know how you stand. It is a labor to task the faculties of a man,—such problems of profit and loss, of interest, of tare and tret, and gauging of all kinds in it, as demand a universal knowledge.

I have thought that Walden Pond would be a good place for business, not solely on account of the railroad and the ice trade; it offers advantages which it may not be good policy to divulge; it is a good port and a good foundation. No Neva marshes to be filled; though you must every where build on piles of your own driving. It is said that a flood-tide, with a westerly wind, and ice in the Neva, would sweep St. Petersburg from the face of the earth.

(13-14, underlines added)

私は常に厳格なビジネスの習慣を身につけようと努力して
きた。万人に欠かせない習慣だからだ。取引き相手が中国
の天朝帝国なら、セイレムかどこかの港に小さな経理事務
所の一つもあれば十分だ。あとはこの国が産出する品物、
牛粋の国産品を輸出すればいい。氷とマツ材を大量に、花
崗岩を少々、無論もっぱら自国籍の船でだ。やってみる価
値はある。細部まですべて直に自分で監督し、水先案内人
と船長を兼ね、船主と保険業者を兼ねる。売りもすれば買
いもするし、帳簿もつける。届いた手紙はすべて読み、送
る手紙もすべて書き、あるいは読む。輸入品の荷揚げを昼
夜管理し、沿岸のあちこちにほとんど同時に居合わせる。
ジャージーの海岸にはこの上なく高価な貨物がたびたび陸
揚げされるからだ。それから倦むことなく水平線を見渡し
ては、自分で自分の電報となり、沿岸航行する船に一隻残
らず話しかける。中国ほどの遠く桁外れな市場に供給する
のだから、商品を絶えず発送し続け、あらゆる地域の市況、
戦争と平和の展望について注意を怠らない。貿易と文明の
趨勢も予測する。新航路や航海術の進歩を活かしたすべて
の探検旅行の成果を取り入れる。たとえば海図を研究し、
新設灯台や浮標や砂礁の位置も確認し、それに対数表を絶
えず訂正し続ける必要がある。計算者が間違いを犯せば、
波止場に無事たどり着くはずの船が、往々にして岩にあたっ
て砕けてしまうのだ。生死不明のラ・ペルーズの例だって
ある。科学全般の進歩に遅れてはならないし、ハンノやフェ
ニキア商人から現代に至る偉大な発見者や航海者、偉大な
冒険家や商人たちすべての生涯も研究しなければならない。
要するに、自分の現況を知るためには、ときおり在庫調査
が必要なのだ。これは人間の諸能力すべてが試される難事

である。何しろ利益と損失、利息、荷箱の重量や目減り見越し分、それを測るあらゆる種類の規格などの問題を含んでいて、これには万般の知識が要求される。

　私はウォールデン・ポンドこそビジネスにもってこいの場所だと考えた。それは鉄道があるとか、<u>氷が売り物になるとか</u>の利点のためだけではないのだが、ここで明かしてしまうのは得策ではなかろう。ともかくここは良港であり、本拠地としても申し分ない。自分で杭を打って土台を作らねばならないとしても、ネヴァ川の沼地のように埋めたてる必要はない。西風が吹いて、ネヴァ川があふれて凍ると、サンクト・ペテルブルグは地上から消えてしまうという話だ。

ここに描かれる理想のマーチャント・アドヴェンチャラーは、必要なあらゆる能力を身につけた超人である。社主一人で従業員何十人をも兼ねている。誰が読んでも感じるだろうが、あまりに理想的に過ぎて、かえって戯画に近づいている。自信過剰でかつ従業員を信じられないワンマン社長といったところである。

　この文章は、第2パラグラフまで読めば、第1パラグラフが冒険的ビジネスを「揶揄した」パロディーであることが、はっきり分かる仕掛けになっている。「冬の池」で取り上げられる"ice trade"への言及がある上に、"Hanno"という同じ固有名詞も現れていることに注意されたい。これだけでも、フレデリック・テューダーの半生をモデルにしていることは明白である。「マツ材」や「花崗岩」は、おざなりなカモフラージュに過ぎない。「天朝帝国」（中国）もインドの見え透いた別名として使われているとしか思えない。

　スターン（Philip Van Doren Stern）もハーディングもこのパラグラフの"ice"にも"ice trade"にも註を付していないが（Stern 159-60; Harding 17-18）、クレイマーは"much ice and pine timber and a little granite" に "Major raw products exported from Thoreau's New England" と註を付し、"ice trade" には "The ice trade was new to Walden Pond when Thoreau lived there, and he described it in 'The Pond in Winter' chapter." と註釈している（Cramer 20-21）。クレイマーはこのパラグラフの背後にテューダーを見ている。そして、次章「住んだ場所、住んだ理由」（"Where I Lived, and What I Lived For"）にも氷貿易への言及がある――"Men think that it is essential that the Nation have commerce, and export ice, and talk through a telegraph, and ride thirty miles an hour, without a doubt, whether they do or not;...."（62, underline added）。ここにはハーディングもクレイマーもテューダーの存在を感知している（Harding 88; Cramer 73）。

　そして言うまでもなくテューダーは最後から 3 番目の章である「冬の池」にも現れる。合わせて 3 つの章に、名指しはされないが登場している。『ウォールデン』を通じて、テューダーは帝国主義的資本主義経済を体現する人物とされていると言えるのではないか。だとすれば、『ウォールデン』を読み解く上で、この上もなく重要な存在ということになる。

　さて、第 2 パラグラフの "business" が何かをソローはもったいぶって明かさないが、詩作を含む著述のことである。第 1 パラグラフに先行する直前のセンテンス "My purpose in going to Walden Pond was not to live cheaply nor to live dearly there, but to transact some private business with the fewest obstacles ..." の中の「ある個人的なビジネス」が A Week on the Concord and Merrimack Rivers の執筆であった事実に照らしても、明らかである。ウォールデン・ポンドはソローにとっては霊感の泉であった。詩的霊感はソローにとって自然からの贈与である。したがって自然保護の衝動と思想は、自然からの贈与に対する反対給付として、ソローの内側から自ずと生じて来る。

102

　それにしても、なぜサンクト・ペテルブルグなのか。（スターンもハーディングもクレイマーも参照した2人の邦訳者も、解釈的な註は付していない）。ソローの想像力はインドにも中国にも天翔けるから、別に不思議はないとも言える。しかし、浮遊して見えるシニフィアンにも指示対象（referent）がある。その結びつきが何らかの意図（intention）によって巧妙に隠蔽されている場合もある。それを見きわめ損なうと、「浮遊するシニフィアン」に己の欲望を語らせてしまうことになる。

　サンクト・ペテルブルグもテューダーのような冒険的企業家たちのビジネスによって繁栄したロシア帝国の商都であり首都であった。なぜソローは他国の大都市の破滅を夢想するのか。

　アメリカの歴史を復習すれば、チャールズ川河口に位置するボストンもまた埋め立てによって大都市となった。いまのボストンからは想像もできないが、ピューリタンが入植した1630年頃の Old Boston は、南西部の本土と細い砂州でつながるだけの、ほとんど島に等しい半島（Shawmut Peninsula）だった。独立戦争開始当時もその地形はほぼ変わっていなかった。独立軍がレキシントン・コンコードの戦いに勝利した後、ボストンに立て籠もったイギリス軍を1年近く攻めあぐねた（Siege of Boston）のは、強力なイギリス海軍とこの地形のためだった。埋め立てによるボストンの拡大が始まるのは19世紀に入ってからで、まさにソローの時代にそれは急速に進んだ。ソローは自分の眼で見たはずである。19世紀末にはほぼ現在の形になった。埋め立てには、サンクト・ペテルブルグ同様、膨大な量の木の杭が使われたはずである。おそらくはコンコードを含むボストン周辺の森林が伐採されたことだろう。これもソローは目撃したに違いない。その用途について知らなかったはずがない。

　　註　水の都ヴェネツィアが無数の木の杭の上に立っていること

はよく知られている。ヴェネツィア共和国は、木の杭の供給地としてイタリア本土のヴェネト地方に特別な森を確保し、厳重に管理していた。

　最後に駄目を押せば、第 2 パラグラフではボストンに見立てられたサンクト・ペテルブルグが風や水だけでなく、氷の復讐を受けることが夢想されている。この物騒きわまりないヴィジョンの言説を帝国主義的なジオポリティクスへの加担だとは誰も言えまい。ソローのボストンへの憎悪には背筋を凍らすものがある。

　『ウォールデン』ではテューダーは一度も名指しされない。執筆当時も出版時にも健在で、ボストン随一の名士であった。「サンクト・ペテルブルグ」も「セイレム」も、そして「天朝帝国」も、名誉棄損訴訟回避のための暗号なのではなかろうか。とすれば、商品交換の極北である帝国主義的貿易の実践者を讃美するかに見える第 1 パラグラフとこの第 2 パラグラフは、いっそう著しい対照を成すことになる。

Boston in 1764

Boston in 1857

（4）蛇足

この2つのパラグラフは、『ウォールデン』の中でももっとも興味深い文章を構成している。ハーディングもクレイマーも註を付していない2箇所について、言わずもがなかもしれない註釈を付しておく。(1) "—to be your own telegraph, unweariedly sweeping the horizon, speaking all passing vessels bound coastwise;"——"telegraph" は手旗信号（flag semaphore）による通信を指す。18世紀末に考案され、19世紀半ばには各国海軍や商船によって広く用いられていた。旗を持った両腕が作る様々な形によってアルファベットを表わすので、"to be your own telegraph"（「自分で自分の電報になる」）という一見奇妙な英語になっているのである。(2) "the logarithmic tables to be corrected,"——かつて天文学や航海術で利用された球面三角法（spherical trigonometry）の計算には対数表が欠かせなかった。対数表は桁数の多い数どうしの乗算と除算を、はるかに計算し易い加算と減算に変換することを可能にした。航海士の計算の手間が大幅に軽減された。最初の対数表（7桁）はスコットランドのジョン・ネイピア（John Napier, 1550-1617）によって1614年に発明された。それをイングランドのヘンリー・ブリッグズ（Henry Briggs, 1561-1630）が改良して、今日の底（base）を10とする常用対数表（table of common logarithms）を作り上げた。当時の対数表は人間が手計算で作成するため誤りが多く、上掲の引用でソローが言うように「絶えず訂正され続け」たが、それでも誤りや誤植は減らなかった。それに業を煮やしたイングランドのチャールズ・バベッジ（Charles Babbage, 1791-1871）は世界初のプログラム可能な機械式計算機〈階差機関第1号〉（Difference Engine No.1）を設計した（1820年代）。設計図には、植字工による誤植を排除するため対数表を自動印字するプリンターも含まれていた。完

成には至らなかったが、その後バベッジが設計した Difference Engine No.2（1847-49）は 140 年後の 1991 年に実機が製作され、バベッジの設計の正しさが証明された。よく知られているように、エドガー・ポウの短編 "Maelzel's Chess-Player"（1836）にはバベッジの Difference Engine No.1 への言及がある（"There is then no analogy whatever between the operations of the Chess-Player, and those of the calculating machine of Mr. Babbage,..."）。測量技師ソローもまた、このコンピュータの元祖については風の噂に聞いていただろう。

引用参照文献

［一次文献］

Thoreau, Henry David. *Walden and Resistance to Civil Government*, A Norton Critical Edition. Edited by William Rossi. 2nd edition. New York: Norton, 1992.（*Walden* からの引用はこのノートン版に拠る）

——. *The Annotated Walden*. Edited by Philip Van Doren Stern. New York: Bramhall House, 1970.

——. *Walden: An Annotated Edition*. Edited by Walter Harding. Boston: Houghton Mifflin, 1995.

——. *Walden: An Fully Annotated Edition*. Edited by Jeffrey S. Cramer. New Haven: Yale University Press, 2004.

106

［二次文献］

Chase, Theodore, and Celeste Walker. "The Journal of James Savage and the Beginning of Frederic Tudor's Career in the Ice Trade." *Proceedings of the Massachusetts Historical Society*, Third Series, Vol. 97（1985）, pp. 103-34.（1806 年のマルティニーク島への最初の天然氷輸出の実際を、テューダーの日誌や共同経営者の兄ウィリアム［William Tudor, 1779-1830］との書簡、従兄弟ジェイムズ・サヴェッジ［James Savage, 1784-1873］の日誌などの原資料に基づいて詳述している。フレデリックの性格、ビジネスの手法、当時の貿易慣行などがよく分かる。短いコメント付きの "Bibliographical Notes" もきわめて有用）

Dickason, David G. "The Nineteenth-Century Indo-American Ice Trade: An Hyperborean Epic." *Modern Asian Studies*, Vol. 25, No. 1. Cambridge University Press, Feb. 1991, pp. 53-89.（テューダーのビジネスの実態について詳しい。特に最初の 4 頁にはその特徴が 10 項目に分けて簡潔に述べられている。ソローの知識の不正確さの指摘でもある）

Kistler, Linda H., Clairmont P. Carter and Brackston Hinchey. "Planning and Control in the 19th Century Ice Trade." *The Accounting Historians Journal*, Vol. 11, No. 1. The Academy of Accounting Historians, Spring 1984, pp. 19-30.（前半はテューダーの氷貿易の概観。後半はハーヴァード大学ベイカー図書館所蔵の Tudor Collection を分析して、カルカッタとの貿易収支を数表で示している。出荷量に対する販売量の比率を示した興味深い表も含まれる）

simpson, lewis p. "boston ice and letters in the age of jefferson." *Midcontinent American Studies Journal*, Spring 1968, Vol. 9, No. 1, *The Age of Jefferson.* Mid-America American Studies Association, Spring 1968, pp. 58-76.（好対照な兄ウィリアム・テューダーとフレデリックの簡潔な伝記。ウィリアムは Joel Barlow 型の作家・外交官・政治家、*North American Review* の創刊者。拝金主義の蔓延を危惧し、富裕層による文芸後援の必要性

を説き続けた。これを読むと冒険的企業家フレデリックが常に文人
の兄ウィリアムを反面教師としていたことが分かる）

Stott, Peter. "The Knickerbocker Ice Company and Inclined Railway at
Rockland Lake, New York." *The Journal of the Society for Industrial Archeology*,
Vol. 5, No. 1. Society for Industrial Archeology, 1979, pp. 7-18.（パイオニ
アゆえにテューダーの氷貿易に関する文献は多いが、これはハドソ
ン川河畔のロックランド湖にあった天然氷生産会社の簡潔な記録。
ニューヨーク市を市場として成長した。テューダーを相対化するの
に有用。1880年時点で、ニューヨーク州全体の生産量はボストン
の3倍、それに次ぐのはシカゴ［主として食肉冷蔵保存用］だった。
氷の切り出しやアイスハウスへの貯蔵、輸送技術にも比較的詳しい）

［日本語文献］

飯田実訳『ウォールデン』上・下、岩波文庫、1995年。

酒本雅之訳『ウォールデン』ちくま学芸文庫、2000年。

伊藤詔子「地図と反地図──測量技師ソローと沼地のポリティック
　　ス」、『新たな夜明け──「ウォールデン」出版150年記念論集』
　　日本ソロー学会編、金星堂、2004年、85-98頁。

竹谷悦子「『ウォールデン』のジオポリティクス──地図と氷貿易
　　──」、『ヘンリー・ソロー研究』第22号、1996年3月、日本ソロー
　　学会、42-58頁。

第4章

四次元への飛行
——ハート・クレインとホイットマン

"When Cogs - stop - that's Circumference - /
The Ultimate - of Wheels -"(Emily Dickinson)

(1)『荒地』と『橋』

ハート・クレイン（Hart Crane, 1899-1932）の長篇詩『橋』（*The Bridge*, 1930）を読む上で、そのホイットマン観が重要な鍵であることは論をまたない。1920年代、多くの詩人たちがヨーロッパの文学と芸術へ傾いていく中で、『橋』はホイットマンの系譜への回帰宣言となるべく書き進められた。構想を練り始めた直後に、親友ゴーラム・マンソン（Gorham Munson, 1896-1969）に宛てた手紙（1923年3月2日付）の中で漏らした予感は、7年後に出版された作品においては確信に変わっただけだった。

　ぼくの『橋』の詩について考えれば考えるほど、その象徴的な可能性がますますスリリングなものに思えてきます。それに君の本とフランク（最近『シティー・ブロック』を買いました）を読んでから、自分がホイットマンと直につながっていると感じ始めています。肯定的な意味で畏怖すべき広がりと可能性をもった流れの中に、自分はいるのだと感じています。「フォースタスとヘレン［の結婚のために］」は、ほんの始まりにすぎなかったのです……。

（*The Letters of Hart Crane,* edited by Brom Weber
[Berkeley and Los Angeles: California University
Press, 1965], p. 128. 以下 *Letters* と略記）

クレインは少年時代からホットマンを愛読した。マンソンの
ウォルドー・フランク研究書（Gorham B. Munson, *Waldo Frank:
A Study* [1923]）とフランク自身の作品（*Our America* [1919]）は、
彼をこの 19 世紀の偉大な先達へ一層傾倒させることになった。
しかし、この方向性をより明確に意識させたのは、前年出版の
エリオットの『荒地』が彼に与えた負の衝撃であった。「プルー
フロック」を 25 回も繰り返し読んだと豪語するクレインにとっ
て、エリオットは文学上のヒーローであったが、後に 20 世紀
モダニズム詩の金字塔とも称えられることになるこの作品には
失望を禁じえなかった。クレインの目には、エリオットが、霊
的な経験（ウィリアム・ジェイムズ的な「宗教的経験」）の事
実と可能性を無視しているように見えた。先に引用した手紙よ
り少し前に、やはりマンソンに宛てて書かれた手紙（1923 年 1
月 5 日付）を見よう。

　　ぼくにとって、英語の作家でエリオットほど尊敬に値する
　　人はいません。しかし、ぼくはエリオットを、ほとんど完
　　全に反対の方向へ進むための出発点と考えています。彼の
　　悲観主義は、彼の置かれた立場においては十分に正当化さ
　　れるものです。しかし、ぼくとしては、彼の学識と技巧か
　　らできるだけ多くのものを吸収し集めて、それをよりポジ
　　ティブな、あるいは（この懐疑の時代にふさわしい言い方
　　をしなければならないとすれば）エクスタティックな目的
　　に使いたいと思います。（気まぐれに、それも稀にしか襲っ
　　てこない）ある種のリズムとエクスタシーがぼくにとって

　　非常にリアルなものと感じられなければ、こんなことは考
　　えません。ぼくは、エリオットがある種の霊的な出来事や
　　可能性を無視しているように感じます。それらは今日でも、
　　例えばブレイクの時代と同じくらいリアルで力強いものな
　　のです。【中略】
　　　完全な死の後にできることと言えば、それはある種の復活
　　でしかないのです。さもなければ、今でも深い挽歌に満ち
　　たダイアル誌上で猫も杓子も声高に宣言し続けているよう
　　に、文明の果実はすべて刈り取られてしまったということ
　　になります。そりゃそうなれば当然、誰でもできるだけ速
　　やかに苦しまずに死にたいに決まっています！　今はユー
　　モアと死の舞踏がふさわしい時代というわけです。山ほど
　　の苦しみと倦怠を経験した後で（どういうわけか心の痛み
　　は増える一方のようです）ぼくに言えることは、それでも
　　いくつかのことを肯定したいと思うということです。これ
　　が「Ｆ＆Ｈ」の最終部のテーマになるでしょう。前の［二つの］
　　部分でもそうだったのですが。(*Letters* 114-15)

「（気まぐれに、それも稀にしか襲ってこない）ある種のリズム
とエクスタシー」とは、詩的霊感を指す。この我が意のままに
ならぬ霊感を呼び寄せるために、クレインがいかに多くの音楽
と酒（そして、泥酔した際の狼藉の数々）を必要としたかは、
クレインの周囲にいた友人知人のみならず、知らぬ者なき事実
であった。また「ある種の霊的な出来事」が、前年の冬に抜歯
した際の有名な神秘体験を指していることは確実である。麻酔
をかけられたクレインの精神は、「意識の第七の天国」に上昇し、
「お前にはより高い意識がある――お前にはより高い意識があ
る。これはごく少数の者しか持たぬものだ。これが天才と呼ば
れるものだ」という声が聞こえたというのだ。

　『荒地』を読む直前に、クレインは後の『橋』の序曲ともいうべき詩「フォースタスとヘレンの結婚のために」（以下「F & H」と略記）の第 1 部と第 2 部を完成させている。いずれもこの歯科クリニックでの神秘体験と、この頃クレインが心酔していたロシアの神秘主義者 P・D・ウスペンスキー（P. D. Ouspensky, 1878-1947）の高次意識論に多分に影響された詩篇である（*Letters* 92）。クレインは、1923 年 2 月 15 日付のアレン・テイト（Allen Tate, 1899-1979）宛の手紙において、「また、最近ウスペンスキーの『第三のオルガヌム』を興味深く読みました。この本は、ぼくが体験した意識の上での経験を確証してくれるものだったのです。それで特に興味を持ったのです」と書き送っている（*Letters* 124）。1969 年の没後に原稿が発見され、1985 年に出版されたマンソンの回想記も、ホイットマン、スティーグリッツ、フランクと共にウスペンスキーの影響を確認している（Gorham Munson, *The Awakening Twenties: A Memoir-History of a Literary Period* [Baton Rouge, LA: Luisiana State University Press, 1985], pp. 300-1）。

　「F & H」の最初の二部は、古代ギリシアの絶世の美女ヘレンが、20 世紀のニューヨークの巷に顕現するという霊的ヴィジョンを扱う自信作であった。それだけに、尊敬するエリオットの新作が、人間の霊的可能性を否定しているように見えたことは、クレインにとっては少なからぬショックであった。しかし「F & H」が完成に近づき、同じ主題をより大きな規模で展開させることになる『橋』の構想に入りつつあったクレインにとって、もはや後戻りはできなかった。エリオットとは「ほとんど完全に反対の方向に」進まざるをえなかった。そしてその方向がホイットマンであった。なぜならクレインはホイットマンの中に自身の神秘体験を諾うものを、そして、ウスペンスキーのいう高次意識（宇宙的意識）の体現者を見出していたからだ。

(2) テクノロジー観と未来の不確定性

ホイットマンがらみで『橋』が論じられるとき、必ず取り上げられるのが、『橋』を構成する詩篇の中でも群を抜いて長く（235行）、しかも『橋』全体から見てほぼ真ん中に位置する「ハテラス岬」（"Cape Hatteras"）である。この詩篇は、冒頭のエピグラフが暗示するように、ホイットマンの「インド航路」（"Passage to India"）を原型としている。さらに、ホイットマンのよく知られた他の作品への引喩が随所にちりばめられ、ホイットマンへの直接的な呼びかけ（頓呼）が頻出するだけでなく、後半部全体が詠唱的なホイットマン賛歌とも呼ぶべきものである。

> 註　「ハテラス岬」で明確に言及あるいは引用されるホイットマンの他の作品は以下の通り——"A Passage to India," "Starting from Paumanok," "Out of the Cradle Endlessly Rocking," "Recorders Ages Hence," "Years of the Modern," "Song of the Open Road," "Whoever You Are Holding Me Now in Hand."

　初期の書評者であるイヴァー・ウィンターズ（Yvor Winters, 1900-68）やアレン・テイト等は、「ハテラス岬」におけるホイットマンの扱い方が、『橋』全体の評価を決定するであろうことに気づいている。しかしながら、彼らのホイットマン観はクレインから見れば偏見と誤解に満ちたものであった。親しい友人であるテイトの一面的な批判は、クレインにとって個人的な痛手であった。だが、それ以上に、後に新批評の理論家の一人として大きな影響力を振るうことになるテイトの『橋』批判が、新批評全盛下での作品評価に少なからず影響したことは、詩人クレインにとってきわめて不運なことだった。テイトは、『ハウンド・アンド・ホーン』（*Hound and Horn*）誌に書評が発表さ

れる直前にクレインに宛てた手紙の中で、ホイットマンを 19
世紀後半以来のアメリカ産業主義の詩的体現者と決めつけ、そ
のホイットマンに捧げられたクレインの「楽観的な」賛辞を「感
傷的」であると批判する。

> ぼくも、君のホイットマンへの賛辞は、度を越してはいな
> いけれども、確かに所々で、特にハテラス岬の終わりの方
> では、感傷的だと思う。でもこの他にぼくに言えることは、
> より大きな漠然とした意味で、アメリカ的生についての君
> のヴィジョンが、ホイットマンに、あるいはホイットマン
> と同じアメリカ的意識の根源に由来しているということな
> んだ。ぼくはこの伝統に共感を感じないし、君もそうある
> べきだと思う。過去 60 年間のアメリカの経済的精神的側面
> においてホイットマン主義に相当するものが何かといえば、
> それは、ハイ・パワーの産業主義というやつさ。君もぼく
> に劣らず、これがこの国の霊的な生にとって脅威だと思っ
> ているはずだ。結局、これしかぼくにはホイットマンの中
> に見ることができないんだ。いくらかは偉大な詩も書いて
> はいるがね。
>
> （Quoted in John Unterecker, *Voyager: A Life of Hart Crane*
> [1969: rpt. New York: Liveright, 1987], p. 621）

さらに、前述の書評でテイトは、『橋』の欠陥が「象徴にしろ
ナラティヴにしろ、一貫したプロットを欠い」ている点にあ
ると指摘している（"A Distinguished Poet," *Hound and Horn*, III, 4
[July-Sept. 1930], pp. 580-85）。テイトにとって、アメリカの運
命についてのホイットマン的ヴィジョンは、歴史的にも正当化
しえないし、詩としても機能しないものであった。この頃まで
にはテイトは、エリオットの強い影響下にあり、ジョン・クロ

ウ・ランサム、ドナルド・デイヴィッドソン、ロバート・ペン・ウォレン等とともに、南部農本主義の中心メンバーであった。彼らの立場を表明した『我が立場』（Twelve Southerners, *I'll Take My Stand: The South and the Agrarian Tradition* [1930]）は、『橋』と同年出版である。ロシア革命で現実化した社会主義の影のもとで、機械文明を共産主義的唯物論と同一視し、産業主義とリベラルな楽観主義を、社会的安定を脅かすものと見なす農本主義者にとって、19世紀後半以来のアメリカの歴史が忌まわしきものに見えたのは当然である。そして彼らのイデオロギーはスケープゴートを必要とした。だが、「明白な運命」および機械文明の体現者と誤解されかねない一面がホイットマンにあることは確かだとしても、ホイットマンの霊的超越への志向を無視したテイトの批判もまた偏向していた。感情を押し殺して書かれた次のクレインの反論からは、テイトがもっとも親しい友人であるがゆえに、いっそう強くテイトへの失望がうかがえる。

　ぼくのホイットマンへの態度に含まれる感傷性と君が名づけているものに対して短く、個人としてお答えします。『橋』におけるぼくのホイットマンへのラプソディックな呼びかけが、ホイットマンに対する正確な評価を越えてしまっているのは確かです。ぼくも書いている最中にそのことに気づきました。しかし、ぼくと君では、W〔Whitman〕が取り上げた題材や出来事の持つ価値に関するそれぞれの勝手な意見が大きく分かれる以上、そしてとりわけ、君が他の多くの人たちと同様に、物質主義や産業主義等々（君はホイットマンをこれらの主義の罪深いヒステリカルな代弁者と呼んでいるけれども）を厳しく非難した『民主主義の展望』やその他の彼の声明を読んでいないらしい以上、ぼくが、条件付きだけれども頑固に、ホイットマンを高く評価

し、彼のほとんどすべての作品に含蓄されている肯定的で普遍的な態度に肩入れする理由の数々をここで並べ立てても大した役には立たないでしょう。君は、ぼくが彼の詩を槍玉に上げてわめき散らすのを何度も聞いたはずです。まさかぼくが、彼の最悪の部分に気づいていないなどとは思っていないでしょう。(*Letters* 353-54)

　自分自身の政治的な立場の構築に忙しいテイトは、アメリカ産業主義の代弁者という、クレインから見れば偏向したホイットマン観に基づいて、「ハテラス岬」後半部のホイットマン賛美を批判した。ただ、こうしたテイトの偏見は、彼が『民主主義の展望』他を読んでいない(あるいは、故意に無視している)ことだけに起因するものではなかった。テイトは、「ハテラス岬」で賛美されるホイットマンが、「インド航路」のホイットマンであることに気づかなかったか、あるいは気づいていたとしても、「インド航路」後半部に霊的な超越性を読み取れなかったかの、いずれかである。ホイットマンをアメリカ産業主義の代弁者と捉えるテイトの目に、「ハテラス岬」が首尾一貫しない(「象徴にしろナラティヴにしろ、一貫したプロットを欠いた」)失敗作と見えたのも当然である。なぜなら、一見テクノロジーを賛美するイタリア未来派的な飛行詩とも見える「ハテラス岬」前半部は、結局は飛行機の墜落に終わるからである。テイトには、テクノロジーの失墜とホイットマン賛美との接合が、どうにも理解しがたい支離滅裂なものに見えたであろう。

　クレインとテイトの対立は、テクノロジーに対するふたつの政治的見解の対立ではない。それは、ひとつの政治的見解と、政治的な見解というものに対する不信(それ自体もイデオロギーだが)との対立であった。結局のところ、テイトと違ってクレインは、保守主義にしろ民主主義にしろ、何らかのプログ

ラムもしくはアジェンダを持った世界観に肩入れすることができなかった。テクノロジーの運命について、何ら究極的な確信を持つことができなかった。クレインが信じていたものがあるとすれば、それは未来の不確定性とも言うべきものだった。何か確定的なことを言おうとすれば、世界の行く末について自分自身の「黙示録」を持たなければならない。それは、「世界は威勢よくドカンとではなく／めそめそと終わるのさ」（"This is how the world ends, / not with a bang but with a whimper" ["The Hollow Men"]）というエリオット的黙示録であるかもしれないし、あるいはまた終わりなき進歩という理念であるかもしれない。だが、クレインには何ら信じられる「黙示録」などなかった。

　　この詩［『橋』］は、どこをとっても不連続で不確定な詩なのです。なぜならぼくは終わりのない主題について速記で書こうとしているのですから。その上、究極的な信念についても確信がないのです。（*Letters* 260）

クレインは、確固とした価値観、歴史観あるいは明確な政治的立場をとるには、あまりに世界の無原理性に苦しめられた詩人であった。この苦しみからの解放は、後述するように、「ハテラス岬」の飛行のイメージに暗示される高次意識への神秘的飛翔、あるいは、しばしば大酒が引き起こす狼藉においてクレインが自ら実践したように、文明以前の意識への退行によってしかもたらされない。

　　この間ほとんどずっと、どれほどぼくが、何をしても不毛に感じ、何をしようかと考えるだけでも不毛に苛まれてきたかを君に話しても詮ないことです。多分、現代人の意識を苛む病気のひとつの兆候なのでしょう。現代世界には何

の価値基準もありません。それは、ぬるぬるとつかみ所が
なく、堅苦しく、そして安っぽい感傷の支配する世界なの
です。ボルネオの野人にでもなって、血に対して平然と明
確な欲望を感じられるようになった方がよっぽどましです。

（Quoted in Unterecker 506-7）

クレインは、自らがテクノロジーに対する両面価値によって、
はたまた未来の不確定性によって引き裂かれるのを許した。テ
クノロジーの未来について確定的なことを言うことはできな
い。不確定なものに対する強いられた価値判断は、結局は政治
的なものにならざるをえない。「未来は不確定だ」という己の
直観にあまりにも忠実なクレインは、明確な政治的立場に立つ
ことができなかった。クレインの詩に、テクノロジーと未来に
対する確固たる信念と世界救済のプログラムを求めれば、大い
なる誤読に陥ることになる。

（3）勝ち目なき賭けへの詩的投資

テクノロジーに対するスタンスの違いは、クレインと『橋』の
書評者たちの間の、詩に関する見解の相違に反映される。真に
20 世紀の到来を見た 1920 年代はあらゆる価値が混沌をきわめ
た時代であった。誰もが未来を展望できる視座を模索していた。
誰もが世界救済のプログラムを求めていた。だが、クレインは
それを詩の中に求めることに反撥する。

　　［ジェネヴィーヴ・］タガードは、ウィンターズと同じで、
　　もう詩を探そうとしていないんだ。マンソンと同じで、ふた
　　りとも万能薬か何かを求めているんだ。詩としての詩は（単
　　に飾りの韻文という意味じゃなくて）、もう二度読むには値

しないんだ。だから、クブラ・カーンも、マーローも用済み、キーツなんか糞食らえ！ということになるんだ。まったく気の毒なことだと思うよ。一粒の丸薬の中に宇宙を要約してしまおうという力みがなければ、それだけ多くの本当の詩が生まれるというのに。（*Letters* 353）

このクレインの言明は特筆に値する。彼が求めているのは「詩としての詩」、純粋に抒情的なポエジーである。クレインは、詩を哲学、政治、あるいは予言の代用物とすることに強く反撥する。したがって、少なくともその意図において、『橋』は世界救済のヴィジョンを提示する詩でもないし、アメリカの未来を予言する詩でもない。

　クレインは、両親のもとを飛び出して以来、定職を持つことを嫌うがゆえに、常に友人の好意と借金を頼りに社会の下層すれすれの生活を生きていた。エリートを気取って、社会の指導理念を提示しようなどとは夢にも考えない。むしろ同性愛者として自分が社会の周縁に置かれているという意識の方が強かった。長篇詩に挑んだモダニズム詩人たちの中で、おそらく、クレインは、詩人＝予言者というロマン主義的な理念からは最も遠い詩人ではないか。ウィンターズやテイトの影響が色濃いＲ・Ｗ・バタフィールドの「ハテラス岬」論は、クレイン＝ロマン主義者という新批評に特徴的な詩人観を代表している。

　彼が今生きているこのテクノロジーの社会を自滅から救い、それをその霊的な可能性の高みへと導いていくことが、現代の詩人＝見者たるホイットマン＝クレインに課された仕事である。

> （R. W. Butterfield, *The Broken Arc: A Study of Hart Crane*
> [Edinburgh: Oliver and Boyd, 1969], p. 182）

120

クレインには予言者的な気負いは微塵もない。無論、未来についての理想と展望がないわけではない。クレインは、能率と利潤の追求に忙しい大都会での生活に疲れ果てていた。機械文明が霊的な生活にとって脅威であることを実感していた。現代社会が突進しつつある方向とは別の方向に、霊的救いがあることを確信していた。詩的霊感を保存するような方向に、人間社会の「霊的な可能性の高み」を夢見た。だが、それは必然的に到来すべき未来ではない。『橋』はアメリカ的経験、とりわけアメリカにおける詩的精神の運命を総括しようという意図を持って書かれた。だがクレインは、過去の歴史に基づいて未来を予言しようとはしない。また古典主義者のように、過去に未来の理想を求めない。過去がいかなるものであれ、未来は現在の人間の意思に懸かっている。だが、クレインには、その人間の意思があまりに危ういものに見えた。

　『橋』は、モダニズムの長篇詩の中でも最も非叙事詩的な、そして最も抒情詩的な詩である。クレインは、敬愛していたE・E・カミングズに近い詩人である。叙事詩的な素材と結構にもかかわらず、彼の詩が喚起するポエジーはあくまでリリカルである。そして、定型への固執も含めて、クレインの詩に対する考え方は、実のところ後の新批評家たちの理念に近い。アレン・テイトが『橋』を「象徴にしろナラティヴにしろ、一貫したプロットを欠い」た失敗作だと切り捨てたことは、きわめて皮肉なことだった。クレインの詩観はむしろテイトのそれに近いものだったからだ。クレインの詩はモダニズム詩の中でも、プロットに、あるいは物語的展開にもっとも依存しない詩である。一見物語的に見える「フォースタスとヘレンの結婚のために」と同様に、『橋』のナラティヴな側面を強調しすぎることは危険である。バタフィールドの「ハテラス岬」論のもうひと

つの誤謬も同じところに由来している。

> 現代人と現代社会（飛行機とパイロットに象徴される）が破
> 滅に向かうかもしれないということが認められた後で、必
> 然的に人間に対する信頼が再び肯定される。アメリカの霊
> たるホイットマンが死者の中から甦り、インド航路に、ア
> トランティスへの航海に、探求者たる詩人とともに旅立つ
> のである。（Butterfield 182）

ここには、苦悩から喜びへ、試練から救済へ、という物語的展
開が前提とされている。「ハテラス岬」においては、破滅の可
能性が「必然的に」人間への信頼を喚起し、紛糾は「必然的に」
大団円へとつながる、とされている。その上でバタフィールド
は、この大団円を「確信を持って弁護することはできない」とし、
クレインの安直な楽観主義を弾劾する（Butterfield 187）。だが、
クレインには未来を予言しようという意図は初めからない。ホ
イットマン賛美は、人間への絶対的な信頼の表明ではない。ク
レインは、人間の霊的な（詩的精神の）勝利を、物質文明の克
服を渇望しながら、その敗北をも予感している。ホイットマン
賛美は、募る不信のただ中で捧げられる「祈り」と呼ぶべきも
のだ。絶望の淵での「信仰の行為」である。「ハテラス岬」後
半部は詠唱歌［chant］ではなかっただろうか。その意味では、
この部分はむしろ悲劇的と呼ぶにふさわしい。既に1926年に
書かれた、やや自己懐疑的な手紙のひとつが、クレインが安易
な楽観主義者でないことを明示している。

> これらの「題材」は、ぼくにとって有効なものですが、それは、
> ぼくらが共通の人種や時間や信仰を経験し知覚する際に、
> 少なくとも有機的に能動的に働く要因であると、ぼくが考

える限りにおいてなのです。もちろん、橋というまさにその観念が、その性質からしてとりわけこれらの霊的確信に依存するものなのです。それは意思の伝達であると同時に、信仰の行為なのです。この架橋という行為を表現するために必要なシンボルは、君が期待した場所にはないかもしれませんが。つまりぼくが言いたいのは、それらの主観的な意義がぼくにとってどれほど大きなものであっても、これらの形式や題材や力学はこの世にはまったく存在しないかもしれないということです。ひとりで悦に入って得意になることはいくらでもできますが、でもそれは、現実認識を避け、偽善的なくらい意識的なやり方でドン・キホーテを演じているにすぎないのです。

【中略】

もし今のアメリカが、50年前にホイットマンがそれについて語った時の半分も語るに値するものならば、何か語るべきことがあるかもしれません。これは、ホイットマンが、自分が暗に予言したことに対する明確な証明を手に入れたとか、要求したということではありません。そうではなくて、時とともに、彼の確信がますます孤独なものとなり、感化力を失ってきたということです。（*Letters* 261）

「ハテラス岬」のホイットマン賛歌は、勝ち目なき賭けへの詩的投資である。クレインがホイットマンと共有しようとしているのは、詩人＝予言者としての栄誉ではなく、時と共に深まる孤独である。だが、それはクレインにとって救いのない孤独ではなかった。

（4）「ハテラス岬」と「インド航路」

「ハテラス岬」は「インド航路」を称える詩である。したがって、「ハテラス岬」後半部のホイットマン賛歌は、とりわけ「インド航路」を書いたホイットマンを賛美したものと考えるべきである。そして、もちろん、このホイットマンは産業主義の擁護者ではない。もし、テイトのように、ホイットマンを産業主義の代弁者と見なせば、飛行機の墜落で終わる「ハテラス岬」前半部と、ホイットマン賛美の後半部の接合は大いなる矛盾に見えてしまう。この前半部は明らかに、機械そのものではないにしろ、機械の現下のあり方に対する批判である。前半部の機械のイメージは大方否定的な感情を伴っている。

Power's script, -- wound, bobbin-bound, refined --
Is stropped to the slap of belts on booming spools, spurred
Into the bulging bouillon, harnessed jelly of the stars.
Towards what? The forked crash of split thunder parts
Our hearing momentwise; but fast in whirling armatures,
As bright as frogs' eyes, giggling in the girth
Of steely gizzards -- axle-bound, confined
In coiled precision, bunched in mutual glee
The bearings glint ...

（Hart Crane, *Complete Poems of Hart Crane*, edited by Marc Simon [New York: Liveright, 1986]。以下 *CP* と略記）

バタフィールド等が醜い詩と批判するこれらの詩行は、そういうものとして意図されている。確かに、編隊を組んで空を舞う戦闘機のイメージが喚起する高揚感や、続く墜落のイメージの

124

崇高美が、詩人の機械観を両面価値的なものに見せていること
は否めないが、戦闘機の墜落が機械文明の否定を意味すること
は疑えない。

　また、「ハテラス岬」というタイトルもアイロニーを伴う。
そのタイトルにもかかわらず、ハテラス岬のキティーホークで
行われたライト兄弟の飛行実験への言及は、次の数行に過ぎな
いのだ。

> There, from Kill Devils Hill at Kitty Hawk
> Two brothers in their twinship left the dune;
> Warping the gale, the Wright windwrestlers veered
> Capeward, then blading the wind's flank, banked and spur
> What ciphers risen from prophetic script,
> What marathons new-set between the stars! 　　（*CP* 79）

ここには、太古以来の人類の夢を実現した偉大なる発明家兄弟
に対する敬意は見当たらない。むしろ、2-3 行目における露骨
な頭韻と視覚的な語呂合せ（"Wright" と "-wrestler"）が、冷笑
的な態度を暗示する。これに続いて、ライト兄弟の「創造的」
精神は、第一次世界大戦における飛行機の軍事利用と結びつけ
られていく。ライト兄弟が飛行技術の軍事的転用について合衆
国戦争省と折衝していた事実をクレインは知っていた、とゴー
ルドスタインは指摘している。また、リンドバーグの大西洋無
着陸横断飛行直後にパリ郊外で書かれた「ハテラス岬」が、リ
ンドバーグへの敬意ではなく、敵愾心に根ざすものであり、こ
の詩がリンドバーグとホイットマンの「葛藤のフォーラム」で
あるとも言っている（Laurence Goldstein, *The Flying Machine and
Modern Literature* [Bloomington, IN: Indiana University Press, 1986],
pp. 112 and 115）。飛行機に対するクレインの態度は大方否定的

Cape Hatteras, North Carolina（National Park Service）

と言うべきである。

　クレインの飛行機への冷たい視線は、機械そのものの否定を意味するものではない。ブルックリン橋の有用さと美しさに魅せられたクレインは、無論、反機械文明論者ではない。クレインが批判するのは現下の機械のあり方である。機械への憎悪のあまり、産業革命以来の歴史をすべて否定してしまうほどクレインは観念的な詩人ではない。現代人として、自分たちが機械文明と産業主義がもたらす富と安寧の上に生きていることを否定できない。

　「ハテラス岬」前半部における戦闘機の墜落は、現下の機械文明の限界を暗示している。したがって、それに続く後半部のホイットマン賛歌が既存の産業主義イデオロギーの手放しの賛歌であるはずがない。クレインが希求しているものは、第一次世界大戦によってその限界を露呈した西洋合理主義の超克である。クレインが求めているのは、機械を殺戮の道具と化した想像力とはまったく違う、新しい想像力である。架橋（スパニング）という行為に象徴される包摂的な想像力、世界を調和のう

126

ちに包みこむ大いなる思念である。ホイットマンはこの新しい想像力を象徴する存在として賛美されるのである。だが、クレインはこの新しい想像力の到来について楽観的ではない。想像力賛美が挫折に終わるかもしれぬことを予感している。ホイットマンのヴィジョン同様、時とともに自分の「確信がますます孤独なものとなる」であろうことを覚悟している。ゆえに「ハテラス岬」のホイットマン賛歌は、機械文明の破綻の末に「必然的に」到来すべき新しい世界の予言ではない。

　「ハテラス岬」前半部では機械文明の象徴たる飛行機が墜落し、続く後半部ではホイットマンが賛美される。この組み合わせは、ホイットマンを産業主義の代弁者と見なす評者の目には、当然支離滅裂と映る。一方、クレインはホイットマンを、機械文明と産業主義の超克者と見る。ホイットマンは、近代合理主義を超越した新しい想像力を象徴する。だが、このホイットマン解釈は、「ハテラス岬」の原型である「インド航路」に即して見る時、果たして正当化されるだろうか。ウィンターズやテイトならば、「インド航路」前半部におけるホイットマンの機械文明賛美を反証として挙げるであろう。実際、「インド航路」は、大西洋海底ケーブル、アメリカ大陸横断鉄道、そしてスエズ運河の完成を祝福する詩行で始まり、最後まで機械文明に対する明確な批判は見出せない。さらに、前半部には、コロンブス賛美を含めて、歴史の無批判な肯定と見える詩行が散見される。確かに、前半部だけならば、アメリカ産業主義イデオロギーの自己満足的な世界観の表明とも見える。他の作品を参照しつつ、その安易な楽観主義を指弾することも可能である。だが一方で、「インド航路」前半部では、アダムとイブの楽園追放の神話に仮託して、人間存在に関する根源的な疑問が投げかけられるのも事実である。

Adam and Eve appear, then their myriad progeny after them,
Wandering, yearning, curious, with restless explorations,
With questionings, baffled, formless, feverish, with never-
　　happy hearts,
With that sad incessant refrain, Wherefore unsatisfied soul?
　　and Whither O mocking life?

Ah who shall soothe these feverish children?
Who justify these restless explorations?
Who speak the secret of impassive earth?
Who bind it to us? what this separate Nature so unnatural?
What is this earth to our affections?（unloving earth,
　　without a throb to answer ours,
Cold earth, the place of graves.）

　　　（Walt Whitman, *Complete Poetry and Collected Prose*, Library of
　　　America series [Literary Classics of the United States; distributed
　　　by Viking Press, 1982], p. 534. 以下 Whitman と略記）

そして何より、「インド航路」（"Passage to India"）という言葉は、前半部においては科学と機械による空間の征服を意味するけれども、この詩の半ば以降、この言葉はその本来的な意味、すなわち東洋の知への回帰という意味を取り戻し始める。アダムとイブのアジアの楽園からの追放で始まった人類の歴史は、アメリカ大陸発見を経由する西回りのインド航路の完成、すなわち「宇宙を遊泳する巨大なる円体」（"vast Rondure, swimming in space"）という壮大なヴィジョンへの到達によって、キリスト教的な直線的時間意識から解放される（Whitman 533）。さらに、その末尾では、ホイットマンは当初の目的地をも後にし、「イ

ンドを越えた彼方に通じる道」（"Passage to more than India"）の
探求に船出する（Whitman 539）。西洋と東洋の区別を超え、エ
マソンの「自己信頼」にも似た新しい知の発見に向けて旅立つ
のだ。

　「ハテラス岬」は「インド航路」をその原型としているが、
飛行機墜落のモチーフによる機械文明の限界の暗示は、ホイッ
トマンを読むクレインの焦点が、「インド航路」前半部の歴史
肯定にではなく、後半部における神秘的超越に置かれているこ
とを示す。「ハテラス岬」後半部で賛美されるホイットマンは、
近代合理主義の代弁者とも誤解されかねない「インド航路」前
半部のホイットマンではなく、その後半部に読み取れる神秘主
義者、超越主義者としてのホイットマンである。人類の探求が
物理的な世界の征服から、精神的な超越に、さらには「時間と
空間と死」（"Time and Space and Death" Whitman 538）に転換す
るその瞬間から、クレインのホイットマン賛美あるいは「イン
ド航路」賛美は始まるのだ。クレインは適切にも、この転換の
瞬間を画する詩行を「ハテラス岬」のエピグラフとして選択した。

　　　The seas all crossed,
　weather'd the capes, the voyage done ...（*CP* 75）

「海をすべて渡り終え／岬の沖をうまく切り抜け、航海を成し
遂げた…」後に、魂たる弟を優しく両腕に抱く兄たる超越者。
クレインにおいては、この超越者を高らかに賛美した詩人ホ
イットマン自身が、この超越者と同一視され、詠唱的賛美が捧
げられる。クレインのホイットマン解釈は、既に冒頭のこの2
行に尽きている。

　ホイットマン批評史から見ると、クレインのホイットマン解
釈は、新批評以後の神秘主義的観点からのホイットマン解釈を

先取りしている。ゆえにホイットマン再評価は、クレイン再評価と連動する。例えば、ジェイムズ・ミラー、カール・シャピローとの共著におけるバーニス・スロートのエッセイを見よう。

　　もしホイットマンを、アメリカ優越主義を臆面もなく利用した詩人と見るならば、『橋』は、アメリカの歴史と科学を賞揚する不幸な詩と見えてしまうであろうし、多くの部分が脈絡のないものになってしまうであろう。しかし、ホイットマンを、深い霊的な思想家、（ウォルドー・フランクやクレインにとってそうであったように）宇宙的意識を歌った神秘家と見るならば、『橋』には、あるパターンがあることが分かってくる。他の人々がホイットマンをどう思おうとも、クレインはホイットマンを、ある種の神性を歌った神秘家と見なしていた。このことは、是非ともここで指摘しておかなければならない。『橋』の統一性は、この原理に由来するのである。

　　　　（Bernice Slote, "View of The Bridge" in James Miller, Bernice
　　Slote, and Karl Shapiro, *Start with the Sun: Studies in Cosmic Poetry*
　　　　　[Lincoln, NB: Nebraska University Press, 1960], p. 138）

確かにクレインは「宇宙的意識」を歌うホイットマンの神秘主義に、己との深い親近性を見出している。ホイットマンの創造するエクスタティックなヴィジョンは、クレインには抗い難い魅力を持っていた。荒み果てた現実の生活から、唯一彼を救い上げてくれるのは、「（気まぐれに、それも稀にしか襲ってこない）ある種のリズムとエクスタシー」たる詩的ヴィジョンであった。だが、クレインはこの超越的経験が、アルコールの効果と同様、永くは続かないことを知っている。興の醒めた後には、例えば、職探しと金策という散文的な現実の生活が常に彼

を待ち構えている。詩人と言えども、四六時中詩的感興の中に身を置くことは許されない。現代資本主義都市文明の生活を支えているものは詩的超越とは別ものである。それは合理主義であり、経済であり、そして機械と産業である。そして、クレインは、機械と産業が、残酷で破壊的側面を持つ一方、人間に便宜と安寧をもたらしていることを否定しないし、否定できない。

　『橋』において、ブルックリン橋は、単に詩に歌われるべきひとつの美しい芸術作品であるわけではない。それはホイットマン的架橋の象徴である以前に、川という自然を克服するための道具である。マンハッタンの摩天楼のスカイラインを楽しむ間にクレインをブルックリンのアパートからマンハッタンへと渡してくれる便利な建築物である。陶酔的な詠唱で終わる「ハテラス岬」が、『橋』全体から見れば半ばに過ぎず、『橋』を締めくくる「アトランティス」が、「序詩」と同じく、再び便利な機械たるブルックリン橋を歌うことは理由のないことではない。クレインは、ホイットマンの夢見た方向に進むには、人類の生活はあまりに機械と産業に依存し切っているという現実を認めざるをえない。この事実に敢えて目をつむり、詩的超越のエクスタシーへ没入することが、現代詩にはふさわしくないことをクレインは知っている。この点で、神秘主義的解釈は、クレインのみならずホイットマンの現代性を時として捉え損なう。例えば前出のスロートはこう述べる。

　　しかし、いずれの詩においても、その主題は、物質的な征服ではなく、霊的な探求である。「インド航路」は、知的精神の視界を越えた、遥か彼方への魂の旅を記録したものである。地名は象徴にすぎない。インドは神秘的達成のイメージであり、航海者は魂そのものである。「ハテラス岬」において、クレインは、はっきりとホイットマンと同じ立場に

立った。そして、「インド航路」が歴史の高らかな肯定でないとすれば、『橋』もまた、その主題において、アメリカの地図に依存してはいない。クレインがホイットマンとの間に見出した最も深い親近性は、両者の神秘主義であった。

（Slote 139）

続いてハイアット・H・ワグナー。

「インド航路」はスエズ運河についての詩でもなければ、大陸横断鉄道や大西洋の海底ケーブル、あるいはインドの「太古の寓話」についての詩でもない。同じく『橋』もまた、ブルックリン橋についての、あるいはポカホンタスについての詩でもない。両者とも、今という経験の中に神の遍在を見出すことによって達成される、神との合一についての詩である。

（Hyatt H. Waggoner, *American Poets: From the Puritans to the Present* [Revised edition, Baton Rouge, LA: Louisiana State University Press, 1984], p. 503）

もしクレインの『橋』がこのような作品であれば、その観念主義と逃避主義を批判されても仕方がないだろう。機械は否定され、無化され、あるいは単に精神の象徴となるために登場させられるわけではない。機械文明の自動的進歩という幻想は第一次世界大戦によって見事に砕かれたが、機械と産業が創造的なものになりうる可能性をクレインは否定できない。『橋』に、飛行機の墜落のモチーフと、（完成当時）世界最長の吊り橋の賛美が共存するのは、けっして自己矛盾ではないのである。

(5) ウスペンスキーの『第三のオルガヌム』

「ハテラス岬」は飛行機の墜落とホイットマン賛歌の組み合わせによって、産業主義の代弁者ではないホイットマン像を打ち建てようとしている。すなわちこの詩は新しいホイットマン解釈を提示しようとしている。それは同時に、クレインの想像力論でもある。このホイットマン解釈、想像力論は、彼が『橋』の構想を練り始めた頃に心酔していたP・D・ウスペンスキーの『第三のオルガヌム』に多くを負っている。「ハテラス岬」には、この本の宇宙的意識論と四次元論を参照して読むとき、よりよく理解できる部分が少なくない。この影響については、先に言及した、ホイットマンを神秘主義の観点から解釈する研究者たちによって既に指摘されている。例えば、アメリカ詩の神秘主義的解釈者の代表であるワグナーはこう述べる。

　ウスペンスキーは、彼の本［『第三のオルガヌム』］のひとつの章を、バックの『宇宙的意識』の検討に充てている。このバックの著作は、神秘主義的意識の持ち主の、現代における代表的な例としてホイットマンを用いている。クレインは既にホイットマンの作品を知っていたし、好んでいた。しかし今や、ホイットマンの作品に立ち返る別な理由ができた。なぜホイットマンの作品が、クレインが後に用いる言葉を使えば、「科学のあらゆる開けゴマを越えた」神話を言い表わし、そうすることで、アメリカ的霊性の「最も典型的で妥当な表現」となることができたのか、なぜ「アメリカという国が持つ、一見どうにも手に負えぬように見える諸力」を和解させ融合させるような予言的な詩が書けたのかを、ウスペンスキーはクレインに教えてくれたのである。ホイットマンが「永遠の相の下における人間の意識」

を表現したことを、クレインはウスペンスキーから知った
のである。『橋』にとりかかったクレインが、ウスペンスキー
の用語と概念の影響を示し、ホイットマンが彼の時代のた
めになした（とクレインが考える）ことを、クレインが自
分の時代のためになそうと試みた際に、すなわち時間と永
遠、一と多数、超越と事実との間に架橋しようと試みた際に、
ホイットマンの導きに従ったのも何ら不思議ではない。

（Waggoner 507-8）

クレインへのウスペンスキーの影響を適確に要約してはいるも
のの、ここでワグナーはひとつ重要な点を指摘し損なっている。
ウスペンスキーが『宇宙的意識』の検討に充てている『第三の
オルガヌム』第23章は、実のところ、バックに対する痛烈な
批判なのだ。バックの『宇宙的意識』は、上の引用からも分か
るように、ひとつのホイットマン論としても読める。したがっ
てウスペンスキーの批判は、また別のホイットマン論として読
むことができる。そして、それこそがクレインを魅了したホイッ
トマン論であった。

　註　Karl Shapiro, "Cosmic Consciousness" in *Starting with the Sun*
edited by James Miller, Bernice Slote, and Karl Shapiro（Lincoln, NB:
Nebraska University Press, 1960）は、ホイットマン、バック、ウィ
リアム・ジェイムズ、そしてクレインに至る影響の系譜につ
いて論じている。Paul Giles, *Hart Crane: The Contexts of 'The Bridge'*
（London: Cambridge University Press, 1986）, p. 19 も参照されたい。
なお、『橋』におけるブルックリン橋の象徴性も、『第三のオル
ガヌム』の用語と概念に示唆を受けた可能性がある。まず、神
秘体験を扱った章において、マックス・ミュラーを引用しなが
ら次のように述べている。「『ロゴス』と『キリスト教神智学』
について論じた章においてマックス・ミュラーは、宗教が目に

134

見えるものと目に見えないものを結ぶ、有限なるものと無限なるものとを結ぶ橋であると述べている」（p. 233）。また、同じ章で、ウスペンスキーは、バックの『宇宙的意識』からヤコブ・ベーメの神秘体験についての記述を引用しているが、その中に次のような一節が含まれている。「第3の啓示が彼を訪れた［時］……最初の2回の啓示では混沌とし多様に見えたものが、実はひとつのものであることが分かった。それは多くの弦を持つハープのようであった。ハープは、その1本1本の弦がひとつの楽器でありながら、それらが集まってようやくひとつのハープとなる」（p. 238）。吊り橋をハープにたとえるクレインの比喩を思い出させる ——"O harp and altar, of the fury fused, /（How could mere toil align thy choiring strings!）"（*CP* 44）。

『第三のオルガヌム』第23章におけるウスペンスキーのバック批判を見る前にまず、今では20世紀の初めほどには名の知られていないバックとウスペンスキーの略歴を記しておく。

リチャード・モーリス・バック（Richard Maurice Bucke, 1837-1902）は、カナダの精神科医にして神秘主義研究家。ホイットマンの弟子で、彼の最初の伝記を書いた人物である。代表作『宇宙的意識——人間精神進化の研究』（*Cosmic Consciousness: A Study in the Evolution of the Human Mind* [1901; rpt. New York: E. P. Dutton, 1969]）は、神秘経験の先駆的研究書である。ウィリアム・ジェイムズは、直後に出した名著『宗教的経験の諸相』（*The Varieties of Religious Experience: A Study in Human Nature* [1902]）において、バックのこの著作を引用してホイットマンの楽観主義について論じている。

P・D・ウスペンスキー（P. D. Ouspensky, 1878-1947）は、ロシアの神秘主義研究家、神智学者であり、ロンドン、ニューヨークで活動した。ドイツ観念論やニーチェだけでなく、英米の神秘主義研究からも大きな影響を受けた。1915年頃、グルジェ

フ（George I. Gurdjieff, 1866-1949）に出会ってからは、一時その高弟となり、グルジェフ運動のスポークスマン的存在となる。

　　註　グルジェフについては、コリン・ウィルソン『オカルト』中村保男訳（平河出版社、1985年）および『覚醒への戦い』鈴木建三・君島邦守訳（紀ノ國屋書店、1981年）を参照。

　中沢新一は「ロシアに「四次元」の思想を最初に根づかせたのは、神智学者ウスペンスキーでした。彼が、グルジェフとの出会いの以前に書いた小冊子『第四次元』は、当時のモスクワやペトログラードで、新しい精神の文化をつくりだそうとしていた、多くの芸術家や詩人、思想家たちに大きな影響をおよぼし、ロシアにその独特のアヴァンギャルド文化が誕生するのを、助けたのでした。」と紹介している（『東方的』［せりか書房、1991年］、23頁）。ウスペンスキーの四次元論は、多くをイギリスの数学者C・H・ヒントンの仕事に負っている（C・H・ヒントン「第四の次元とは何か」『科学的ロマンス集』［国書刊行会、1990年］所収）。代表作は、グルジェフに会う以前の著作ながらグルジェフとの共通点を随所に示す『第三のオルガヌム』（*Tertium Organum*）である。

　　註　P. D. Ouspensky, *Tertium Organum: The Third Canon of Thought, A Key to the Enigmas of the World* [1912]. Revised translation by E. Kadloubovsky and the author. First translated from the Russian by Nicholas Bessaraboff and Claude Bragdon. [London: Arkana, 1990]. （以下 *TO* と略記）。

　同著の神秘経験を論じた部分に関しては、バックとジェイムズの著作に負うところが大きい。晩年は自分が築いた体系に懐

疑的となり、アルコール中毒の末、自殺同然の死を遂げる。ち
なみに、英米の文学者たちに与えた影響では、師グルジェフの
方がはるかに際立っている。小説家ではジョン・G・ベネット、
キャサリン・マンスフィールド。エズラ・パウンドとともにソー
シャル・クレジット運動を推進した『新時代』（New Age）誌の
編集者A・R・オレイジ。クレインの周辺でも、きわめて親
しかったゴーラム・マンソン、『リトル・レヴュー』（The Little
Review）誌の編集者で、しばしばクレインの詩を掲載したマー
ガレット・アンダソン、友人の詩人ジーン・トゥーマーなどが
一時グルジェフ運動に参加している。クレイン自身は、1924
年2月に、グルジェフのニューヨーク公演を観て感銘を受けた
が、他の友人たちとは違い、運動に参加するほどではなかった
（Letters 174）。いずれにせよ、ウスペンスキーやグルジェフら
の神秘主義が受容されやすい精神的環境がクレイン周辺にも存
在していた。

　『第三のオルガヌム』に話を戻そう。ウスペンスキーの要約
によれば、『宇宙的意識』の中でバックは、3段階の革命の必
然性ゆえに、人類の未来を希望に満ちたものとしている。

　1. 航空技術の確立の結果として来るべき物質革命
　2. 私有財産制を廃止するであろう経済的社会的革命
　3. 霊的革命

ここで産業主義がその先端である「航空技術」によって代表
させられていることに注意されたい（TO 266）。「ハテラス岬」
におけるクレインと同様に、ウスペンスキーも飛行機を現代の
産業主義の象徴と捉えて、「人類は、何千年も夢見てきた飛行
という夢を実現したが、それは何よりもまず最初に戦争の目的

のために用いられた」（*TO* 190）と批判している。

　ウスペンスキーは、この 3 段階の社会進化論を楽観主義として退ける。社会生活が物質的な原因（空の征服と社会革命）によって変わることができるし、変わるに違いないというバックの主張に対してウスペンスキーは、外的生活における好ましい変化（そういう変化が可能だとしての話だが）の唯一の基盤は、内的生活における変化、バックが霊的革命と呼んでいる変化でしかありえないと反論する。

　ウスペンスキーはこれに続いて、バックの意識進化の理論を批判するのだが、その理論は意識の変化を次の 3 段階に分けるものであった。

1. 単純意識、すなわち動植物が持つ意識
2. 自我意識、すなわち人間が持つ意識
3. 宇宙的意識、すなわち予言者、見者、神秘家の意識

バックの理論では、一度自我意識まで到達すれば、次の宇宙的意識への進化は不可避のものとされる。そしてこの宇宙的意識の現代におけるいち早い体現者がホイットマンであるとされるのだ。それに対してウスペンスキーは、植物や動物段階における無意識のうちの進化は、人間においては、思考の登場によってもはや不可能となったと主張する。人間精神は自己の進化を促進することもできれば、それを阻害することもできる。ゆえに、進化の不可避性というバックの考えをナイーブに過ぎるとして痛烈に批判する。

　これまでのコメントの中で、私はバック博士の本のいくつかの欠陥を指摘した。それらは、ある種のためらい、高次意識の至高の重要性を認めることに対する怖れから生じて

138

いる。この怖れがあるために、バック博士は人類の未来を
実証主義的な立場から展望しようとする。政治的社会的革
命に基づいて人類の未来を眺めようとする。しかしこの見
方は全く価値を失ってしまった。われわれが経験しつつあ
るこの血生臭い時代において、人間の生を組織すべきもの
としての物質主義の、すなわち諸々の論理システムの破綻
は、つい昨日まで「文化と文明」を声高に叫んでいた者た
ちの目にも自明のこととなりつつある。外的生活における
変化、すなわち多数の人々の生活の変化（そういう変化が
必ず起こるとしての話だが）は、少数の人々の内的生活に
おける変化の結果として生じるであろう。

　さらに、バック博士の本全体について言えば、バック博
士は、意識の自然の進化を前提としてしまったために、こ
ういった諸能力の展開［内的生活における変化］が自然の
過程ではなく、意識的な努力を要するという事実に気づい
ていない。（*TO* 278）

要するにウスペンスキーが攻撃しているのは、バックの西洋合
理主義への執着であり、航空技術を先端とする産業主義＝機械
文明の未来に対するバックの楽観主義であり、その背後にある
人間精神についての自然進化論である。バックの意識進化論に
おいては、精神は単純段階から自我段階、そして宇宙的段階へ
と、断絶なく不可避的に進化していく。ホイットマンは最後の
段階にいち早く到達した先覚者にすぎず、人類は遅かれ早かれ
この段階に到達する。したがってホイットマンは歴史の肯定を
象徴する人物ともなる。これはまさに、後にウィンターズやテ
イトが攻撃するホイットマンである。

　一方ウスペンスキーは、人間の進化が思考の登場によって自
然進化の過程から断絶してしまったと主張する。精神現象とし

ての宇宙的意識の可能性を積極的に認めながらも、人間精神が
必然的にこの段階まで進化するとは考えない。それは自然の過
程ではなく、意識的努力を要する進化であると考える。ウスペ
ンスキーは、西洋合理主義の歴史は破綻したと断言する。

　　既に我々も気づき始めているように、地上の生を組織する
　　ためには、より高い形態の意識が必要である。長い間、人々
　　は、唯物主義と実証主義的思考の支配のもとで、宗教的な
　　理念を忘れ、あるいは歪めてしまい、論理的なものの考え
　　方だけで生きることができると思ってきた。しかし今や、
　　論理的な思考のみに身を任せていたのでは、地上における
　　生を組織できないということが、徐々にではあるが、見る
　　目を持つ人々にとっては明らかになりつつある。（*TO* 280）

西洋の救いは歴史との断絶にこそある。過去の歴史が指し示す
のとはまったく違う次元への突破こそが人間に救いをもたら
す。それは人間の意識的努力、ほとんど超人的とも呼ぶべき努
力を必要とする。けっして不可避的に到来するものではない。
だが、カントの超越論と東洋思想がひとつの指針となり得ると、
ウスペンスキーは言う。

　　カントと東洋思想という宝庫を経た今こそ、我々は、空間
　　感覚の拡張なしには新しい意識に至ることが不可能である
　　ことを理解できる。（*TO* 289）

「空間感覚の拡張」とは航空技術による空の征服ではなく、精
神の新しい次元への飛翔を意味している。この新しい次元とは
『第三のオルガヌム』の前半でウスペンスキーが、詳細にその
可能性を証明してみせている四次元である。そして後述するよ

うに、四次元への飛翔は時間の超越にほかならない。

　バックの理論を批判しながらウスペンスキーが展開する意識論は、先述したように、ウスペンスキー流のホイットマン論としても読める。クレインがウスペンスキーに魅せられた理由のひとつはこれである。ウスペンスキーのホイットマン論は、反西洋合理主義的な、反産業主義的なホイットマン論である。ホイットマンが宇宙的意識に到達したとすれば、それは空間感覚の拡張による合理主義（西洋の歴史）との訣別によってのみ可能であった。「インド航路」における、空間的ヴィジョンの拡大の結果としての東洋への回帰は、まさしくこの訣別を象徴していると解釈できる。クレインがウスペンスキーのホイットマン論に共感したとすれば、まず確実に、このような解釈に導かれたはずである。「ハテラス岬」はこのような「インド航路」解釈に基づく詩である。「ハテラス岬」における飛行機の墜落とホイットマン賛歌の組み合わせもまた、この訣別があって初めて宇宙的意識への道が開けることを暗示している。

　ウスペンスキーのホイットマン論は、一種の（保守的、原理主義的な反ダーウィン主義とはまた別の）反進化主義的なホイットマン論でもある。ウスペンスキーは「私は進化の法則を否定しない。しかし、［私にとっては］それはまったく別のものを意味している」とした上で、「進化の法則を受け入れる場合にも、すべての現存する形態を、ひとつのものから別のものが派生してきたと見る必要はない。このような場合、それらを、それらがたどってきた進化の過程が生み出した高次形態と見る方がより正しいであろう」と述べている（*TO* 281）。ウスペンスキーは、生物界を、人間を頂点とする階層化されたピラミッドと考える従来の進化論に反駁する。生命の世界がひとつの有機体の一部であり、それぞれが、異なってはいるが、相互に関連した機能を果たしていると見る。この生命観、宇宙観もまた、

クレインにとっては、ホイットマンの包摂的な愛の理想に対応するものであった。

　ウィンターズやテイトらの『橋』批判に直面してクレインが自分のホイットマン観を主張する際に、ウスペンスキーは心強い味方であったに違いない。なぜなら、ウスペンスキーが、バックの宇宙的意識論＝ホイットマン論に対して浴びせる痛快な批判は、そのままウィンターズやテイトのホイットマン観に対しても向けることができるからだ。下される評価は正反対ながら、バックが描き出すホイットマン像と、ウィンターズやテイトのホイットマン像とは同じものだからである。

(6) 次元の超越

飛行、すなわち空間の征服がもたらす空間意識の拡張は創造的な可能性を持つ。その最終的な墜落が、戦闘機という飛行機械がもつ醜悪な目的を告発するにもかかわらず、飛行のイメージそれ自体が美しく描き出されるのはこのゆえである。クレインにおいて、空間意識の拡張は、他者の発見と共感、すなわち利己主義の克服につながるものである。それは、究極的には世界を包む大いなる思念たる神的愛へと至る。そう考えてこそ、クレインが「インド航路」前半部を機械と産業の肯定として退けなかった理由に得心がいく。ホイットマンが賛美するのは空間を征服する機械（市場と植民地獲得のために帝国主義段階の資本主義が用いる地獄の機械<ruby>地獄の機械<rt>インファーナル・マシーン</rt></ruby>）などではない。その背後にある空間意識の拡張への人間の意志である。兄と弟が抱擁の中でひとつとなる大いなる愛への意志である。少なくともクレインはホイットマンをそのように読んだ。これは神秘主義の観点からすればひとつの筋の通った解釈ではあるが、同時に、第一次世界大戦後のヨーロッパ世界の物理的精神的荒廃を経験した時代

142

から見れば、好意的に過ぎる解釈でもある。「インド航路」には、人間を空間征服へ駆り立てる資本主義的欲望についての反省が見当たらないからだ。クレインが「ハテラス岬」前半部に「インド航路」では明示されない機械の限界についての意識を付加したという事実は、この解釈がひいき目な、歪んだ解釈であることを、クレイン自身が強く意識していたことを示す（「『橋』におけるぼくのホイットマンへのラプソディックな呼びかけが、ホイットマンに対する正確な評価を越えてしまっているのは確かです」）。

だが、このクレインのひいき目の解釈、すなわち「インド航路」前半部における空間拡張のヴィジョンを、利己主義の克服と大いなる兄弟愛の成就と結びつける見方もまた、ウスペンスキーの宇宙的意識論＝ホイットマン論を反映している可能性が高い。なぜならウスペンスキーは、彼のホイットマン論の結論とも見なしうる『第三のオルガヌム』の「結論」において、使徒パウロの謎めいた言葉を引用しながら、愛と聖性と「空間感覚の拡張」の密接な関係を示唆しているからだ（*TO* 288-89）。

『第三のオルガヌム』の前半部十数章は、この「空間感覚の拡張」に関する理論の展開に費やされている。それは四次元の理論と呼ばれる。イギリスの数学者Ｃ・Ｈ・ヒントンの著作に由来する四次元論は、元来純粋幾何学的な一種の思考実験であった。それは一次元（直線）と二次元（平面）、二次元と三次元（立体）の幾何学的な関係から、演繹的に四次元世界を構築する抽象的な作業からなる（アインシュタインの特殊相対性理論を定式化する際に用いられる、三次元空間＋時間から成る四次元時空概念［ミンコフスキー時空］とは別物である）。例えば次のような具合である。

空間の中を動きながら、直線という形で軌跡を残すひとつ

の「点」は、それ自身の中には含まれない方向に動いている。なぜなら、点には方向が存在しないからである。

　空間の中を動きながら、平面という形で軌跡を残すひとつの「直線」は、それ自身の中には含まれない方向に動いている。なぜなら、もしそれ自身の中に含まれる方向に動くのならば、常に直線のままであり続けるからである。

　空間の中を動きながら、立体という形で軌跡を残すひとつの「平面」もまた、それ自身の中には含まれない方向に動いている。もし、それ自身の中に含まれる［ふたつの］方向のうちのひとつにそって動くとすれば、常に平面のままであり続けるであろう。立体すなわち三次元体という形で軌跡を残すには、平面は「それ自身から遠ざからなければ」ならない。それ自身の中には存在しない方向に動かなければならない。

　以上のことから類推すれば、ひとつの立体が、四次元体という形で軌跡を残すには、それ自身の中には含まれない方向に動かなければならない。言いかえれば、立体はそれ自身から逃れなければならない。「それ自身から遠ざからなければ」ならない。

　【中略】

　私たちは直線を無数の点からなると考える。平面は無数の直線からなり、立体は無数の平面からなると考える。

　このことから類推すれば、四次元体は無数の三次元体からなると考えることが可能である。すなわち、四次元空間は無数の三次元空間からなる。

　【中略】

　さらに、私たちは点を直線の「一部」と考える。直線は平面の一部であり、平面は立体の一部であると考える。

　このことから類推すれば、立体（立方体、球体、ピラミッ

ド）を四次元体の一部と考えることが可能である。そして、三次元空間全体を四次元空間の一部と考えることができる。

【中略】

　三次元体を四次元体の一部とみなすことができれば、次のように考えることも可能である。すなわち、私たちの目には別個のものと見える多くの三次元体が、ひとつの四次元体の「一部」であるかもしれないと。

【中略】

四次元体は、三次元体がそれ自身の中に含まれない方向に動く時に残す軌跡と見なすことができる。すなわち、四次元に向かう方向は、三次元空間で可能なすべての方向［長さ、幅、高さ］の外側に存在する。（*TO* 22-25）

この四次元論にウスペンスキーは、破綻に瀕した実証主義と合理主義を超克するために不可欠な認識論を求める。当然それは神秘主義的な色合いを帯びざるをえない。だが、四次元論が神秘的なのは、それが時間の超越に関する理論だからである。再び少し長くなるが、ウスペンスキーの時間論を引用しよう。

「一次元世界」を想像してみよう。

　それは直線になるであろう。この直線の上に生物がいると想像してみよう。これらの生物たちは、彼らにとっての宇宙であるこの直線にそって前後に動くことしかできないということになるだろう。そして、彼ら自身は、直線の一点あるいは一部ということになる。これらの生物たちにとって、この直線の外側には何も存在しない。また、彼らは、自分たちが生き、動いている直線自身を意識しない。彼らにとっては、前と後ろにあわせて二つの点だけが存在する。あるいは、前方にひとつの点だけかもしれない。この一次

元の生物は、これらの点の状態の変化を観察し、それらの変化を「現象」と呼ぶだろう。この一次元の生物が生きている直線が、我々の世界のさまざまな物体を横切ると仮定すると、これらの物体の中を通過する時、この一次元の生物はひとつの点しか見ないだろう。異なった物体がこの直線を通過しても、この一次元の生物は、それらをひとつの点の出現、存在、そして消滅としてしか認識できないだろう。このひとつの点の出現、存在、そして消滅が「現象」ということになるだろう。

　一次元の生物にとって、現象は、直線を横切る物体の特徴や性質、物体の運動の速度やその性質にしたがって、定常的であったり可変的であったり、長かったり短かったり、周期的であったりそうでなかったりするだろう。しかし、一次元の生物は、彼の世界で起こる現象の定常性や可変性、長さや短さ、周期性や非周期性をまったく説明できないだろう。この生物は、それらを単に、現象に固有の性質と見るだろう。直線を横切る物体は非常に異なったものかもしれないが、一次元の生物にとっては、すべての現象はどれもまったく「同じ」（点の出現と消滅）であり、すべての現象は、その長さと周期性の大小という違いしか持たない。

　現象のこの奇妙な単調さと同質性（我々には非常に多様で、異質なものに見えるが）が、この一次元世界の特徴となるだろう。

　ここで、この一次元の生物が記憶を持つと仮定しよう。一次元の生物は、自分が見たすべての点を「現象」と呼び、それらを時間と関連づけるであろう。存在した点は「もはや」存在しない現象であり、明日出現するかもしれない点は、「未だ」存在しない現象である。一次元の生物は、われわれの［三次元の］空間全体を、ひとつの直線を除いて、時間（す

146

なわちそこから現象がやって来ては戻っていく何物か）と
呼ぶだろう。そして、一次元の生物は、点の運動、すなわ
ちその出現と消滅を観察することによって、時間の観念を
獲得したと言うであろう。点は、時間現象、すなわち見え
た瞬間に存在し始め、見えなくなった瞬間に消滅する（「存
在することをやめる」）現象と見なされるだろう。一次元の
生物には、ある現象がどこか他のところに存在しているが、
目には見えないのだとは想像することができない。一次元
の生物は、それが彼の直線上のどこか、ずっと前方に存在
していると想像するだろう。（*TO* 43-44）

【中略】

　二次元の生物がすむ平面を、色分けされたスポークを持っ
た車輪が、横切ると想像してみよう。スポークの運動は、二
次元の生物には、平面上の直線の色の変化として見えるだ
ろう。平面にすむ生物はこれらの変化を現象と呼ぶだろう。
そして、この生物は、これらの現象を観察するうちに、あ
る連続性に気づくだろう。黒い直線の後に白い直線が現れ、
白の後に青が、青の後にピンクが現れることに気づくだろ
う。もし白い直線の出現と、何か他のもの（例えば鐘の音）
が結びつけば、二次元の生物は白い直線が鐘の音の原因だと
言うだろう。直線の色の変化は、二次元の生物に言わせれば、
彼の平面上にあるはずのいくつかの原因に基づく。原因が
平面の「外側に」存在しているかもしれないという推測を、
二次元の生物は、まったくの空想、非科学的なこととして
退けるだろう。

　これは、彼が「車輪」を、すなわち平面の両側に存在す
る車輪の色分けされた部分［スポーク］を、視覚化できな
いからそうなるのである。直線の色の変化を観察し、色の
現れる順序を学んでしまうと、二次元の生物は、ある色、

例えば青い直線の出現を見れば、黒と白はもう過ぎてしまった、すなわち消えてしまった、存在することを止めてしまった、「過去に退いてしまった」、と考えるだろう。一方、未だ現れていない直線（黄色、緑、その他、そして、とりわけこれから現れるはずの「新しい」白と「新しい」黒）は、未だ存在せず、未来に横たわっている。

　かくして、自分がすんでいる宇宙の形を知らず、それが四方に無限に広がっていると考える一方で、二次元の生物は、「万象」［彼がすんでいる平面］の片方に過去が、別の片方に未来が横たわっていると想像する。こうして二次元の生物は「時間の観念」にたどり着く。二次元の生物には空間の三つの次元のうち二つしか意識できないために、こういう観念が生まれることを我々は知っている。彼は、第三の次元を、それが平面に及ぼす影響を通じてしか知覚できない。したがって彼はそれを空間の最初の二つの次元とは異なったものと見なし、それを「時間」と呼ぶ。

（TO 48-49）

ここまで来れば、四次元世界で何が起きるか容易に想像できよう。第四の次元が理解できるようになるためには、三次元の生物であるわれわれ人間は、その時間概念を空間化しなければならない。時間を空間に置き換えなければならない。四次元世界においては、三次元の生物にとっての時間は第四の次元として空間化される。過去と現在と未来が同時に現前することになる。時間は消滅し、歴史のあらゆる瞬間が目の前に同時に存在する。まさに、それは永遠者たる神の視点である。

　なお、アンタレッカーによれば、クレインがウスペンスキーの四次元論＝時間超越論に関心を持っていた証拠として、クレインとの議論を記録したと思われる画家ウィリアム・ソマーの

148

メモに次のような記述があるという。

> The snail feels the line as space, i.e., as something constant. It feels
> the rest of the world as time, i.e., as something eternally moving. The
> horse feels the plane as space. It feels the rest of the world as time.
>
> （Unterecker 267)

> 蝸牛は、線を空間と感じる。すなわち常に不変のものと感
> じる。蝸牛は、それ以外の世界を時間と感じる。すなわち
> 永遠に動き続けるものと感じる。馬は、平面を空間と感じる。
> 馬はそれ以外の世界を時間と感じる。

このウスペンスキーの四次元論＝時間超越論もまた、ホイット
マンの「インド航路」に対するクレインの神秘主義的解釈を深
めた可能性がある。なぜなら、「インド航路」における空間意
識の無限の拡大も、時間の超越（無化）につながっていくと読
めるからだ。「インド航路」において、詩人の意識の拡大は、
西周りのインド航路の完成（空間の征服）によっては終わらな
い。インドを越えた世界へと詩人は飛翔＝船出する。

> Passage to more than India!
> Are thy wings plumed indeed for such far flights?
> O soul, voyagest thou indeed on voyages like those?
> ......
> Sail forth -- steer for the deep waters only,
> Reckless O soul, exploring, I with thee, and thou with me,
> For we are bound where mariner has not yet dared to go,
> And we will risk the ship, ourselves and all.
> O brave my soul!

O farther farther sail!

O daring joy, but safe! are they not all the seas of God?

O farther, farther, farther sail!

(Whitman 539-40)

それはもはや空間（二次元）の旅ではない。未知なる永遠＝無
＝死＝永生の世界への船出である。また、ホイットマンが「神」
と呼ぶものを、四次元への飛翔がもたらすであろう永遠なる世
界と読むことができる。それは、過去、現在、未来が同時に存
在する世界、したがって生も死も存在しない世界である。

After the seas are all cross'd, (as they seem already cross'd,)

After the great captains and engineers have accomplish'd
　　　their work,

After the noble inventors, after the scientists, the chemist,
　　　the geologist, ethnologist,

Finally shall come the poet worthy that name,

The true son of God shall come singing his songs.

Then not your deeds only voyagers, O scientists and
　　　inventors, shall be justified,

All these hearts as of fretted children shall be sooth'd,

All affection shall be fully responded to, the secret shall be
　　　told,

All these separations and gaps shall be taken up and hook'd
　　　and link'd together,

The whole earth, this cold, impassive, voiceless earth, shall
　　　be completely justified,

Trinitas divine shall be gloriously accomplish'd and

150

    compacted by the true son of God, the poet,
  (He shall indeed pass the straits and conquer the mountains,
  He shall double the cape of Good Hope to some purpose,)
  Nature and Man shall be disjoin'd and diffused no more,
  The true son of God shall absolutely fuse them.

(Whitman 534-35)

「ハテラス岬」の飛行のイメージもまた、四次元への飛翔の比
喩と読める。なぜなら、二次元（地面）から三次元（空）への
上昇こそ、われわれ三次元の生物が次元の上昇を想像する際に
用いうる最も身近な比喩だからである。それはウスペンスキー
が用いている比喩でもある。

　知覚という条件に限定されない意識を想像してみよう。そ
　ういう意識は、我々が動いている平面から浮上することが
　できる。この意識は、我々の普通の意識によって照らされ
　た円のはるか彼方を見ることができる。（中略）こういう意
　識は、時間という平面から浮上し、後方に春を、前方に秋
　を見ることができる。いま開こうとしている花と、熟れよ
　うとしている果実を同時に見ることができる。（TO 28-29）

だが、クレインの飛行機は墜落する。神秘体験は永続しない。
次元（プレイン）の上昇の夢は、飛行機（プレイン）の墜落に
終わらざるを得ない。詩人は捉えがたい至上の法悦の瞬間を詩
的夢想のうちに空しく追い求めたのだが、この瞬間の価値は、
ほかならぬその「捉えがたさ」にこそあったのだ。想像力が挫
折するからこそ「詩」になる。飛翔し続け四次元世界にめでた
く到達するなら、それはもはや「詩」ではない。

（追記　クレイン／ウスペンスキー的な四次元は、ラカンの「現実界」とも、クィアなアトランティスとも、あるいはパストラリストな夢想空間とも読み換え得るかもしれない。ブレイクのダブル・ヴィジョンかもしれない。「空間感覚の拡張って，想像力のことだよね」というのは、筆者の口頭発表に対する水之江有一先生［1941-2000］のコメントであった。）

終章

メイベル・トッドの馬車

"We slowly drove - He knew no haste"

(1) *The Handbook of Amherst*（1891）の著者

1891年出版の *The Handbook of Amherst,* prepared and published by Frederick H. Hitchcock. Seventy illustrations.（Boston: Berwick & Smith, 1891）という本がある。Frederick H. Hitchcock については謎が多い。Library of Congress や合衆国の大学図書館の電子カタログは author を Frederick H. Hitchcock にしているが、タイトル・ページには "Prepared and published by Frederick H. Hitchcock" とあり、執筆者は曖昧にしてある。図書館のカタログは著者名なしには作成できないから、Frederick H. Hitchcock を便宜上「著者」としているものの、執筆にどこまで関わっているのかは、実のところ判然としない。この人物について、主要なディキンスンの伝記作者（George Frisbie Whicher, Thomas H. Johnson, Richard Sewall, Cynthia Griffin Wolff, and Alfred Habegger）は言及していない。Jay Leyda の *Years and Hours of Emily Dickinson* の索引にも見当たらない。

　"Hitchcock" といえばディキンスンと兄オースティンの学問上の師であるアーマスト・カレッジの学長エドワード・ヒッチコック（Edward Hitchcock, 1793-1864）と同姓であるが、妻の

オーラ（Orra White Hitchcock, 1796-1863）との間には父と同名の長男（Edward Hitchcock, Jr., 1828-1911）を頭に兄弟姉妹7人がいるが、Frederick はいない。エドワード・ヒッチコック・ジュニアはオースティンの若い頃からの友人で、1891年当時はカレッジの衛生学と体育教育の教授でもあり、大学経営の相談にものっていたらしい（Habegger 737）。このエドワード・ジュニアと妻メアリーの間には10人の子どもが生まれたが、その中に Frederick はいない。17世紀まで遡ってもヒッチコック家に Frederick という名の先祖は見当たらない。つまり、この家には生まれてきた男子に Frederick という名前をつける伝統はない。

註　1. "The guide to the Edward and Mary Judson Hitchcock Family Papers, 1840-1962, 1850-1911"（Amherst College Archives and Special Collections）[no pagination]
https://snaccooperative.org/ark:/99166/w69p38ng#biography
2. Find a Grave（Website）
https://www.findagrave.com/memorial/127611142/edward-hitchcock

　また巻末の "Noteworthy Business Firms" と題された広告ページ（pp. 189-97）には、ボストン、アーマスト、ノーサンプトンの店や会社の広告が載っているが、一番最後（p. 197）にこの本自体の広告がある。価格は1ドルで、売り文句は "A guide to Amherst, and the surrounding charms of the Connecticut Valley, to Amherst College, and to the Massachusetts Agricultural College" となっている。主としてアーマスト・カレッジとマサチューセッツ農科カレッジの新入学生向けと思われる。また "maker and publisher" も、著者名と同じ "Frederick H. Hitchcock, Amherst, Massachusetts" となっている。巻頭のコピーライト・ページにはこの記載はなく、"Typography by J. S. Cushing & Co., Boston. Presswork by Berwick & Smith, Boston." となっている。つまり

Frederick H. Hitchcock なる人物が名義上の印刷者と出版者を兼ねているわけである。「著者」がアーマスト・カレッジの関係者であることは間違いない。なお、同年出版で同じ著者名の *Massachusetts Agricultural College, a descriptive and historical sketch* という本が存在するが、これは *Handbook* の第 6 章（pp. 161-87）だけを別に製本したものに過ぎない。農科カレッジの学生向けであろう。後述するように第 2 章、第 3 章は公的なガイドブックの性格を逸脱している。このことに州立である（お堅い）農科カレッジが懸念を持ち、第 6 章のみを採用した可能性もありそうである。

　Handbook の「著者」については、議会図書館の電子カタログには、ミドルネームと生没年が記載されている（Hitchcock, Frederick H. [Frederick Hills], 1867-1928）。これに従えば、出版時に 24 歳ということになる。*Handbook* の内容からして若すぎるように感じられる。しかも、この議会図書館の記載には疑問がある。なぜなら Frederick H. Hitchcock（1867-1928）の編著として、*Handbook of Amherst* とはまったく別種の本が 2 点も出て来るからだ（書式は MLA 風に換えた）。

　Frederick H. Hitchcock, *Some useful memoranda concerning body and display types and weights and bulks of paper*（New York: F. H. Hitchcock, 1899）.

　The building of a book; a series of practical articles written by experts in the various departments of book making and distributing, edited by Frederick H. Hitchcock. 2d ed. rev.（New York: R. R. Bowker, 1929）.

どちらも印刷業関係の本であり、1 冊目を見るとこの Frederick

H. Hitchcock はニューヨークの出版者でもある。他にも印刷
業関係の著書がある。そしてコロンビア大学のデータベース
（CLIO）には *Frederick H. Hitchcock book sale catalogs.*（New York:
Frederick H. Hitchcock, 1925）という販売カタログも載っている。
ハーヴァード大学図書館のデータベース（HOLLIS）で検索す
ると、次のような書評も出て来て、住所も分かる（ネット画面
のまま）。

REVIEW
BIRTH CONTROL LAWS. By Mary Ware Dennett.（Frederick H.
Hitchcock, 105 West Fortieth street, New York city, N.Y.）
The Washington Post（1923-1954）, 1927, p.F5

したがって、ニューヨークの出版者 Frederick H. Hitchcock は実
在の人物であり、生没年 1867-1928 がこの人物のものであるこ
とは確かである。

　合衆国には "Find a Grave" というウェブサイトがあり、それ
で検索すると、Frederick Hills Hitchcock の墓の所在地（Newton
Cemetery, Newton, Middlesex County, Massachusetts）、墓石に刻ま
れた生没年（4 Jul 1867-10 Jul 1928 [aged 61]）と出身地（Boston,
Suffolk County, Massachusetts）と死没地（Manhattan, New York
County [Manhattan], New York）まで判明する。墓所のある Newton
はボストンの西隣の街である。ちなみにエドワード・ヒッチコッ
ク夫妻やその一族の墓はアーマストやその周辺にある。

　また後述する *Handbook* の "Introduction" には、協力者とし
て Rev. D. W.[Dwight Whitney] Marsh（1823-96）の名前が挙げら
れている。牧師であるこの人物の著作には *The genealogy of the
Hitchcock family, who are descended from Matthias Hitchcock of East Haven,
Conn., and Luke Hitchcock of Wethersfield, Conn.*（Amherst, MA: Press

of Carpenter & Morehouse, 1894）というヒッチコック一族の詳細
な系図本があり、この本の末尾の方に、ボストン生まれの Dr.
Thomas Barnes Hitchcock（1839-74）と Newton 生まれの妻 Sarah
S. Hills（1836-1907）の間に生まれた長男として "Frederick H.
Hitchcock, b. July 4, 1867, at Boston." の名前が出て来る（p. 475）。
墓石の生年月日と一致する。ただし、Edward Hitchcock と共通
の先祖は 17 世紀半ば生まれの Capt. Luke Hitchcock（1655-1727）
にまで遡るから（p. 407）、きわめて遠い親戚である。しかし、
Marsh 牧師が 1894 年時点で Frederick H. Hitchcock の存在を確認
していることは見逃せない。アーマスト・カレッジの卒業生で
ある可能性が高い。ただ、素性を示唆する内的証拠は *Handbook*
には見出せない。

　たしかにボストン出身者がアーマスト・カレッジに通い、卒業
まもない若干 24 歳で、母校からの資金援助を受けて *Handbook* を
出版し、その経験が契機となって出版業を志し、ニューヨークに
出てそれなりに成功した可能性も排除できない。ただ *Handbook*
を企画し一部執筆した人物は、後述するように、この若者では
ない。Frederick H. Hitchcock は依頼に応じて本を編集し、その名
義で出版したに過ぎないだろう。それにしてもディキンスン家
とも親しかったと推定されるこの若者が、ニューヨークで出版
者となったのであれば、その後もアーマストと交流があるはず
であり、何らかの形でディキンスンの伝記に現れても不思議で
はない。その点に疑問が残る。アーマストと縁遠くなる事件で
もあったのであろうか。

　1891 年 6 月の日付はあるが無署名の "Introduction" には、9
名のアーマスト・カレッジ関係者（学長、教授、理事等）への
謝辞があるが、その中には故人の "Dr. Edward Hitchcock" と現
役の財務担当理事 "William A.[Austin] Dickinson, Esq." が含まれ
ている。周知のとおり、エミリの兄オースティンである。

158

Without the assistance of many of the friends of the town and
its colleges, the publication of the book in its present form would
not have been possible. The names of all those who have aided
in gathering material, and in correcting the manuscript and
proofs, cannot be mentioned, but among them were: Dr. William
S. Tyler, President M. E. Gates, President H. H. Goodell, Dr.
Edward Hitchcock, William A. Dickinson, Esq., Professor Charles
Wellington, Professor W. P. Brooks, Charles O. Parmenter, and Rev. D.
W. Marsh. To these and many others, whose suggestions have been
most valuable, cordial acknowledgments of their kindnesses are due.
（p. iv）

筆頭に挙げられている Dr. William S. Tyler（1810-97）は当時ギリ
シア語の教授であったが、著書に *History of Amherst College during
Its First Half Century*（1872）および *History of Amherst College during
the Administration of Its First Five Presidents*（1894）があり、カレッジ
の歴史にもっとも詳しかったと思われる。President M. E. [Merrill
Edwards] Gates（1848-1922）は前年にラトガーズの学長を辞して
アマースト・カレッジの学長（1890-99）に就任しているが、
アマースト出身者ではない。謝辞は儀礼的なものかもしれな
い。President H. [Henry] H. Goodell（1839-1905）は Massachusetts
Agricultural College の学長（1883 & 1886-1905）である。Professor
Charles Wellington（1853-1926）は、農科カレッジの教授で、お
そらく農業化学が専門。Professor W. P. Brooks（1851-1938）は農
科カレッジの出身者で、かの William S. Clark の離任直前に来
日し、札幌農学校に 12 年間（1877-88）勤め、2 期 4 年間、学
長も務めた。1891 年当時、農科カレッジの農学教授で、後に
学長（1905-6）も務めた。州下院議員も務めた Professor Charles

O. Parmenter（1833-1913）には *History of Pelham, Mass.: from 1738 to 1898, including the early history of Prescott*（1898）という著書がある。Pelham はアーマストの東隣の町である。この地方の歴史に詳しい人物である。最後の Rev. D. W. [Dwight Whitney] Marsh（1823-96）の著作には、先述した Hitchcock 家の系図に加えて、自身の Marsh 一族についての系図本や、テネシー州出身の宣教師の伝記 *The Tennesseean in Persia and Koordistan: Being the scenes and incidents in the life of Samuel Audley Rhea*（1869）がある（ペルシアに渡った Samuel Audley Rhea [1827-65] は、アーマスト・カレッジ出身の宣教師 Justin Perkins [1805-69] の援助と指導を受け、親しく交流した。Perkins はエドワード・ヒッチコックの知己だった）。*Handbook* に家系調査や教会史で貢献している可能性がある。

　Handbook の出版に当たっては、これらの各分野の専門家他が分担執筆し、それを 24 歳の Frederick H. Hitchcock ないしその背後にいる人物がまとめたのであろう。

　　註　第 1 章 "Amherst of the Past" は、文体が古風なので年配の歴史専門家の執筆と見える。"Introduction" に名前が挙がっている中では Tyler か Parmenter だが、Dr. Tyler の著作への言及（p. 19）があるので、後者だろう。第 2 章の著者については以下に論じる。第 3 章の著者については章末の註で述べる。第 4 章 "Amherst of the Present" は、事実を中心に町の現状を述べているが、土地勘と郷土愛が感じられる。執筆者はアーマスト生まれであろう。特に専門的な知識を必要とする内容ではないので執筆者の推定はできない。市域、政治、公共インフラ、財政、ビジネス、新聞社、ホテル、教会、各種の学校などについて簡潔に紹介している。町の下水道整備にオースティン・ディキンスンが貢献したことへの言及もある（p. 52）。カレッジ関係者を含め町の名士がどの通りに住んでいるかも紹介している。"William A. Dickinson, Esq." と "Professor D. P. Todd" の住居も含まれる。第 5

章 "Amherst College" は、あたかも志願者のための大学案内のような内容である。カレッジの沿革、組織の説明に続いて学費と生活費が具体的な数字で示されている。地質学研究と天文学研究が全米でも最先端であることが短く述べられている。面白いことに体育教育、健康管理が重視されていることを丸々2頁を使って強調している。これは他の大学のモデルにもなった。その教育担当者が先述の Edward Hitchcock, Jr. である。後半は各施設、建物の説明。歴史に関する部分は Tyler、統計表などは財務担当理事（treasurer）のオースティンの執筆だろうか。数多い fraternities の紹介も詳しい。第6章 "The Agricultural College" も大学案内に近い。南北戦争中の 1862 年の連邦法に基づき、州が立案した州立カレッジである。候補地に立候補したアーマストが選ばれた。開学は戦後の 1867 年。事実上の初代の学長は、後に来日する William S. Clark（1826-86）。戦争中の立法に基づく州立学校であるため、軍事教練が必須科目となっていた。この章の執筆には、上掲の農科カレッジの教授3名が関わっているであろう。

　この論稿で、この *Handbook* を取り上げるのは、全6章のうち第2章 "The Connecticut Valley"（pp. 16-32）だけが、Mabel Loomis Todd（1856-1932）の寄稿であることを明記しているからである。それにもかかわらず "Introduction" の謝辞に名前がないのは、いかにも不自然である。まして著者が 24 歳の若者であるなら、無礼と受け取られかねない。1891 年はオースティンとメイベル・トッドが愛人関係になって8年目であり、それは 1895 年のオースティンの死まで続く。このことはアーマストの一部の住民の間では、当時、公然の秘密だったようである。しかし大半のディキンスン研究者には、全米図書賞（伝記部門）を受賞した Richard B. Sewall の伝記 *The Life of Emily Dickinson*（Harvard University Press）が出る 1974 年まで、知られていなかった。

　二人の道ならぬ関係に照らしてこの第2章を読むと、きわめて興味深い。

（2）馬車を走らせる二人

　この第2章「コネチカット川流域」は、アマーストの植物、鳥類、樹木、文学、地形・地質、開拓の歴史、先住民との戦争、独立戦争、「シェイズの反乱」などを簡潔に紹介している。歴史の叙述は、序文に名前が挙げられたこの地方の歴史の専門家 Charles O. Parmenter に負っているだろう。

　植物を紹介する部分では、ディキンスンの "The murmuring of Bees, has ceased"（F 1142 / J 1115）の第1連と "Besides the Autumn poets sing"（F 123 / J 131）の第1, 3連を引用している（p. 21）。トッドの好みでもあろうが、ヴィクトリア朝の趣味に合わせて詩連が選ばれているように感じられる。後者は Handbook と同じ1891年出版の Poems of Emily Dickinson, 2nd series 所収（p. 173）だが、前者は1896年の Poems, 3rd series 所収（p. 136）なので、ここが初出になる。

　周知のようにメイベル・トッドは、ディキンスンの死後、妹のラヴィニアから詩集の編集出版を依頼された。直後の1887年夏、夫デイヴィッドの日本への日蝕観測旅行（福島県白河市）に同行し、富士山にも登った（紀行文を Nation と Century に寄せている）。帰国後、本格的な編集作業に着手し、トマス・ヒギンスンとの共編で、最初のディキンスンの詩集 Poems of Emily Dickinson（1890）を出版。翌年2冊目を出した。3冊目（1896）はトッド単独の編集である。この間、オースティンの助けも得て、ディキンスンの文通相手を訪ね歩くまでして散逸しかけた書簡を収集し、1894年には Letters of Emily Dickinson も出している。ディキンスン研究のパイオニアである。

162

22-23 頁ではコネチカット川流域にゆかりのある文人たちを列挙し、最後に "H. H." と Emily Dickinson をペアにして言及している。"H. H." とは、生前からアメリカだけでなくイギリスでも名声を博した Helen Hunt Jackson の筆名である。ディキンスンの幼い頃からの親友でもあり、ディキンスンの詩才の最初の発見者でもあった。

註　Mabel Loomis Todd, "With the Eclipse Expedition to Japan" (*The Nation*, September 1, 1887), p. 169; "The Eclipse Expedition in Japan" (*The Nation*, September 22, 1887), p. 229; "The Ascent of Fuji-San" (*The Nation*, October 13, 1887), pp. 291-92; "An Ascent of Fuji the Peerless" (*The Century Magazine*, August 1892), pp. 483-94.

トッド執筆の第 2 章はこんな詩的な文章で始まる。

The mellow light of a warm August afternoon lay shimmering over a grassy meadow road. No fences divided the rich farm lands on either side from the road, or from one another. The hum and buzz of innumerable insects filled the fragrant air, while distant sounds of mowing could be heard at intervals, as the rowan was being here and there gathered in by thrifty farmers.

Nearer at hand fields of tropical-leaved tobacco sent out a slightly pungent odor, while an occasional tall stalk, crowned with its delicate pink blossoms, was allowed to ripen and go to seed in the summer sunshine.

In the eyes of <u>two travellers [sic]</u>, driving leisurely along this lovely way, the whole scene was richly, sensuously delightful.... (p. 16, underline added)

暖かい八月の柔らかな光が、緑の広野を抜ける道の上に横

たわり、揺らめいていた。道と穀物の実る畑を隔てる柵も、畑と畑を隔てる柵もなかった。数知れぬ虫の羽音が、香しい大気に満ちていた。遠くで草を刈る音がとぎれとぎれに聞こえた。ときおり、つましい農夫たちがナナカマドの実を摘んでいた。

　道沿いに熱帯の葉を茂らせたタバコが、かすかに鼻をつくにおいを放っていた。なかには背高く伸び、先端に小さなピンクの花をつけ、夏の陽光に照らされて熟し、やがて種をつけるに任されたものもある。

　この美しい道をゆっくりと馬車を走らせる二人の目には、あたりに広がる景色すべてが、肉感的なくらい濃厚な歓喜に満ちていた……。

きわめて牧歌的なニューイングランドの風景描写である。意識的に弱強格（iambic）のリズムが取り入れられ、韻文に接近している。引用最後のセンテンスに唐突に現れる "two travellers" が、読む者の好奇心をかき立てるが、ディキンスン研究者ならずとも、メイベル・トッドと馬車に同乗して、手綱を取っているのが誰かは、もう見当がつくだろう。その後半は陶酔的な官能性を帯び、二人のただならぬ関係を示唆している。

　この後、馬車に乗った二人は、トウモロコシの茎を冬の家畜の飼料用に加工している大型機械の音を耳にし、ホウキモロコシの畑、大きな納屋を備えた何軒かの農場の母屋、リンゴ園、エルムの林を眺めながら通り過ぎる。西には川幅800フィートの「気高い川」（コネチカット川）が流れ、その向こうに青い山脈が連なり、手前にはマウント・ウォーナーが見えることが述べられる。

　続いて、コネチカット川が見える辺りから、残る三方の山々を遠望する。

In the south lay the rugged and picturesque Holyoke range, and the steep sides of Mount Tom beyond the opening where the river has scooped its passage. Northward, Mount Toby showed itself in a luminous, purple atmosphere, a rich tone modified in Sugarloaf, across the river, by its more scarred sides of red sandstone. The gentle slope of the Pelham and Shutesbury hills eastward was densely green, and but little colored by distance. (p. 17)

南には険しくピクチャレスクなホリョーク山脈が横たわり、その切れ目にはトム山の切り立った側面が見えた。川はそこを切り削って通り抜けたのだ。北に目をやれば、トビー山が輝く紫の大気に包まれていた。その豊かな色調は、川を渡ったシュガーローフから見ると、もっとごつごつした赤い砂岩の壁に変わる。ペラムとシューツベリーの緩やかな東斜面は濃い緑色だが、遠くから見ると色は薄れる。

アーマストやノーサンプトンがある盆地を囲む Mount Tom, Mount Toby, Pelham Hill といった山々を展望する。一見、写実的な風景描写だが、ここには今は亡き地質学者エドワード・ヒッチコックの生前の努力を想起させる要素がひそんでいる。トッドと一緒にこの景色を眺める同乗者は Mount Tom と Mount Toby という山の名から、ヒッチコックのことを思い出したに違いないのである。誰が耳にしても何の情趣もない、というより低俗な名前である。

　ヒッチコックは、初期の入植者たちがつけたこの手の野暮ったい山の名を苦々しく思っていた。学長在職時から、カレッジ4年生の卒業記念事業として、エミリ・ディキンスンも通ったマウント・ホリョーク女子学院などの学校や地域コミュニ

ティーにも働きかけて、改名運動を推進した。例えば、記録
が残るものでは、学長退任後だが、男女の大学生を主体にして
Mount Tom への 500 人規模の遠足登山を行ない、仰々しい命名
の儀式を行っている。さすがに二百年以上定着している Mount
Tom の改名は現実的ではなく、それに連なるより低い 3 つの
峰に新しい名前を付けたのである。候補に挙がった名前の中か
ら選ばれたのは、先住民の言葉で「祝福されし者の山」を意味
するノノタック（Nonotuck）であった（*Reminiscences of Amherst
College* [Northampton, MA: Bridgman & Childs, 1863], pp. 246-49）。

　地名の創設、改名に際して、ヒッチコックが推奨したのは第
1 に先住民（インディアン）がつけた地名、第 2 に古典ギリシア・
ラテン語の、あるいはヘブライ語の固有名詞、第 3 に歴史的地
名とし、最初の 2 つが低俗な連想を伴わないから最上である、
と述べている（*Reminiscences* p. 213）。

　当時の地質学者は現在と違って、観光資源開発にも努力し
たようだ。マサチューセッツの State Geologist だったヒッチ
コックが書いた大著 *The Final Report on the Geology of Massachusetts*
（1841）は、Part I "Economical Geology" と Part II "Scenographical
Geology" から成るが、第 1 部が鉱物資源の開発を、第 2 部は観
光資源の開発を論じている。職業柄、登山家でもある地質学者
は、ピクチャレスク美学的な絶景ポイントの探究者でもあり、
必要なら登山道の整備者ともなった。先ほどから引いている
Reminiscences of Amherst College（1863）には、登山道の整備につい
ての記録もある。

　1844 年秋、ヒッチコックはホリョーク山中で西インド諸島か
ら来たらしい旅行者（おそらくイギリス人）に会う。恰幅のい
いこの紳士は、頂上までの山道が険しく、また整備されていな
いことを嘆いた。これを聞いてヒッチコックは登山道整備を思
い立ち、その計画をマウント・ホリョーク女子学院の学長メア

リー・ライアン（Mary Lyon, 1797-1849）に打ち明ける。ライアンは着工日の正午に、ふもとで女子学生たちと昼食を用意して待つことをヒッチコックに約束する。1845年7月4日（金）、ヒッチコックはカレッジ3，4年生の男子学生たちと近隣住民の協力を得て、山の西斜面に、中腹から頂上まで通じる登山道（"road or horse-path"）建設に取りかかる。半日で完成させなければ、ふもとで待っている女子学院の学生たちに笑われることを恐れて参加者全員が必死に働き、作業は予定通り正午に終了した。下山すると、150人もの女子学生たちが昼食を提供してくれた。その後全員で再び登頂し、スピーチやパフォーマンス等の祝賀行事を行っている（*Reminiscences of Amherst College*, p. 221）。

　当時、ディキンスンと兄オースティンはまだ中高生だが、この登山道整備事業は、その後、卒業を控えたアーマスト・カレッジの学生たちの恒例行事となった。数年後にカレッジに進んだオースティンも体験しているはずである。

（3）ピクチャレスク美学の共有

　Handbook に戻ろう。地名以外にも、ヒッチコックのピクチャレスク美学に基づく観光資源開発の努力の反映が、トッドの次の文にも見られる。

Sturdy and pious as the earlier inhabitants were, steadfast of purpose, and of noble lives, their æsthetic sense must have been very much in abeyance. Too sadly common is the fashion in this fair region, where Nature spreads her most tempting glories, of setting an uncompromising barn directly between the house and a wonderful view of mountain and vale which any summer tourist would go miles to see for an hour. (p. 18)

　昔の住民たちは頑健かつ敬虔だった。目的以外には目も
くれず、気高い人生を送った。しかし彼らの美のセンスは
育たぬままだったに違いない。この美しい地方に「自然」
はこの上もなく魅惑的な光輝を広げているというのに、母
屋のすぐ前にひどくむさ苦しい納屋を建てて、山水の眺望
を遮っているのだ。夏になれば、その眺めをひと時楽しむ
ために、遠方から人々が訪れて来るというのに。

母屋の正面に景観を妨げる納屋を建て、山や川の美に無関心な
農民の美意識の欠如を嘆いている（実際に農民にそういう余裕
はないのであろうし、母屋の前に納屋を建てる実際的な理由が
あるのかもしれない）。当時のアメリカではピクチャレスク美
学が大流行していた。絵画を好み自ら描きもしたトッド自身の
直観がこう書かせた、とも考えられるが、馬車に同乗している
地元出身の恋人がヒッチコックから学んだ美学に、トッドが心
から共感している、と解釈した方が無難であろう。そういう審
美的な共感が二人をより一層強く結びつけたのではないか。こ
のトッドの文章は、ディキンスンが兄オースティンと同じくピ
クチャレスク美学にどれほど傾倒していたを、間接的ながら教
えてくれる貴重な資料でもある。

　　註　ディキンスンと美術を論じた Judith Farr, "Dickinson and the
　　Visual Arts"（*The Emily Dickinson Handbook*, edited by Gudrun Grabher,
　　Roland Hagenbuchle, and Cristanne Miller, Amherst, MA: Massachusetts
　　University Press, 1998）は、Ruskin, Turner, Thomas Cole [The Hudson
　　River School] など、ヴィクトリア朝中期の著作家、画家のディキン
　　スンへの影響を包括的に論じているが、18 世紀前半のイギリス
　　に発し、18 世紀末から 19 世紀前半にかけてアメリカをも席捲し
　　たピクチャレスク美学についてほとんど触れていない。その影

168

響はポウ、ホーソーン、メルヴィル、ジェイムズ、ジョン・ミュ
アなどにも顕著に見られる。ディキンスンとピクチャレスク美
学については、冬木詠子著「エミリー・ディキンソンが眺めた
ピクチャレスク」(『英文学』102 号、早稲田大学英文学会、2016
年、pp. 29-44) および同著「「山の上の家」──エミリィ・ディ
キンスンの詩 F723 に見るピクチャレスク美学」(*Emily Dickinson Review*, No. 7, Emily Dickinson Society of Japan, 2019, pp. 31-41) を参
照されたい。

(4) ヒッチコックの地質学

トッドの文章にはヒッチコックの地質学の知識、とりわけ氷河
期のコネチカット川流域の地形、地質に関する知識が反映され
ている。続けて第 2 章を見ていく。

To the geologist, ten thousand years seem but a step. From
evidences about Amherst and Northampton he assigns this length
of time, "one of the shortest estimates," as the probable interval
since the glacial period. In that age, misty and remote enough to the
layman, the ice, covering all this region, furrowed deeply into the
sandstone, particularly north of the Holyoke range, largely forming
its bold and rugged outline ; it piled together other masses into rough
hills, leaving in its path <u>bowlders [sic] and clay and the stony soil</u> so
characteristic of New England.

When this mass of ice, beginning to yield to the oncoming of a
more genial age, melted in the sun, a great lake was formed, whose
height was three hundred feet above the sea, and two hundred feet
above present low water in the Connecticut River. Its shores were
the present boundaries of the valley. The surface of the ground

over which we drive in the mellow August weather, listening to the peaceful farming sounds on every hand, was the actual bottom of <u>this great prehistoric lake</u>, in whose clays an abundant glacial flora has been found.（pp. 23-24, underlines added）

　地質学者にとっては、1万年はほんの1歩みたいなものだ。アーマストとノーサンプトンから見つかった証拠からすれば、氷河期が終わってから現在までの隔たりは「もっとも短く見積もっても」1万年なのである。氷河期は一般の人には霧にかすんだはるか昔だが、その頃、この地方を覆っていた氷［河］は、［移動しながら］砂岩を深く削ったが、とりわけホリョーク山脈は深く削られ、その険しくごつごつした輪郭をつくり出した。氷は運んできた土石で丘をつくり、氷が移動した跡には、<u>巨礫や粘土や石まじりの土</u>を残した。これはニューイングランドではどこでも見られる。

　この氷の塊が、より温暖な時代が始まると、陽に照らされて解け、巨大な湖が形成された。湖面の海からの高さは300フィート、現在のコネチカット川の最低水位からは200フィートだった。現在の川の流域の境界が、その湖の岸である。平穏な農作業の音に耳を傾けながら、八月の柔らかな空のもと、私たちが馬車を走らせるこの大地の表面は、<u>いま言った巨大な有史以前の</u>湖の湖底だった。その粘土の中からは、氷河期の植物がふんだんに見つかっている。

拙著『エミリ・ディキンスンを理詰めで読む』の最終章「エミリ・ディキンスンの氷河期」で詳述したように、ヒッチコックは、1840年に公刊されたルイ・アガシ（Louis Agassiz, 1807-73）の「氷河に関する研究」の所論を、自身の地質学の教科書 *Elementary Geology* の第2版（1841年）にいち早く採り入れ、紹介してい

170

る。というのも、アガシの説は、それまでヒッチコックがニューイングランドで発見していた様々な地質学的な現象をきわめてうまく説明してくれたからだった。最初の数十年間は賛否両論だったこの画期的な理論は、1891年までには世界の地質学界で広く認められていた。

　拙著で述べたように、エミリ・ディキンスンはアーマスト・アカデミー時代に *Elementary Geology* で地質学を勉強しており、カレッジのヒッチコックの講義を聴いた可能性も高い。兄オースティンは一足先に同じアカデミーで勉強しており、カレッジではヒッチコックの授業を取ったであろう。オースティンの地質学熱（ヒッチコック崇拝）にエミリが感化されたのかもしれない。*Elementary Geology* は他のヒッチコックの著書と共に、二人の兄妹の愛読書であったに違いないし、ヒッチコック没後の地質学の進展にも注意を払っていたはずである。

　第1パラグラフの下線を施した "bowlders and clay and the stony soil" 中の bowlders は erratic boulders（巨礫）とも呼ばれ、何百トン、何千トンに達する場合もあり、遠くカナダから運ばれて来たものも多い。"stony soil" は地質学では moraines（氷堆石）と呼ばれるものである。そもそも、ルイ・アガシの氷河期説は、スイス・アルプスに見られる moraines や striation（擦痕）の由来を説明するための仮説であった。第2パラグラフで言及される、現在は存在しない湖は、地質学では Lake Hitchcock と呼ばれている。ヒッチコックがその存在を立証したからである。氷河期に北米大陸北部を覆っていた厚さ3000mの氷床（Ice Sheet）が後退したことによって生まれた。ヒッチコックは、アガシ説の発表される十数年以前にコネチカット川流域を踏査した際、その存在に気づいていたが、その時はノアの大洪水の痕跡と考えていた。

　実は3つ前の引用の冒頭にも Lake Hitchcock への間接的な言及がある。その部分だけ再度引用する。

In the south lay the rugged and picturesque Holyoke range, and the
steep sides of Mount Tom beyond <u>the opening where the river has
scooped its passage.</u>

この一文は、ほぼヒッチコックからの引用である。

This geologist cannot but perceive that the extensive valley, north
and west of Holyoke, must, at some remote period, have been covered
by the waters of the Connecticut, ere <u>the passage between Holyoke
and Tom was worn through</u>—

（*A Sketch of the Geology, Mineralogy, etc.*
of the Connecticut [New Haven, CT:
S. Converse, 1823], p. 130, underline added）

"This geologist" はヒッチコック自身である。現在の地図を見て
も分かるが、マウント・ホリョークとマウント・トムの狭い切
れ目（opening, gorge）をコネチカット川が縫うように南下して
いる。この切れ目は氷河によって削られたものであるが、氷河
期末期に氷床が北に後退した際に、氷堆石（moraines）が堆積
して塞がれた。こうして Lake Hitchcock はここを境に南北に分
断された時期があった。南側の湖はコネチカット州ミドルタウ
ンの北の氷堆石のダムが決壊して先に消滅したが、北側の湖は
残った。しかし、ここの氷堆石のダムも脆かったため、徐々に
浸食され、やがて決壊し、コネチカット川はおおよそ現在の川
筋になった。

　上の引用ではトッドとその連れはアーマストの西から南西を
眺望しているが、ヒッチコックの地質学の本のために挿絵を描
いた画家である妻オーラが、このマウント・ホリョークとマウ

"Gorge between Holyoke and Tom" (1841)（public domain）

ント・トムの切れ目を描いた牧歌的な絵（リトグラフ）が残っ
ている。

　画家が立っているのはおそらくサウス・ハドリーの丘で、北
西方向を眺望している。左がマウント・トム、右がマウント・
ホリョークである。切れ目（opening）の先にトマス・コール
の風景画 "Oxbow"（1836）で有名な馬蹄型の湾曲が見える。そ
の向こうの町はノーサンプトンである。

　次に引用するパラグラフではヒッチコックの名前が出て来
る。ヒッチコックは古生物学の分野にも偉大な貢献をした。

Streams sweeping into the basin deposited sand and gravel flats.
In these mud shores, animals long extinct and unimaginable made
a huge procession of footprints since hardened into stone. These
have been discovered, preserved, and described by <u>the late President
Hitchcock of Amherst College</u>. Traces of reptiles, insects, fishes, and
colossal frogs are here found, and also the enormous prints of birds

whose size, to correspond with their tracks, must have been at least five times that of the ostrich. These bird-tracks occur in thirty places through the Connecticut Valley, between the upper strata. Into the late discussions of whether these great creatures with feet eighteen or twenty inches long were birds or not rather some unknown, three-toed animal we cannot enter. It is for us enough to know that the stupendous procession has been made to live again by the untiring genius of an enthusiast to whom we owe the resurrection of a long-vanished past ; and bird or animal, "strange indeed, is this menagerie of remote sandstone days." （pp. 24-25, underlines added）

　［かつて湖底だった］低地に流れ込んだ川が、砂礫の層を堆積させた。この泥の岸に絶滅して久しい、想像を絶する動物たちが巨大な足跡を残し、それが化石化した。これらの足跡はアーマスト・カレッジの故ヒッチコック学長によって発見され、保存され、記述された。ここでは爬虫類、昆虫類、魚類、そして巨大なカエルの痕跡［化石］も見つかっている。また巨大な鳥類の足跡も発見されているが、その足跡［歩幅］からして体の大きさは少なくともダチョウの5倍はあったに違いない。これらの足跡はコネチカット川全流域の30箇所の地層上部で見られる。18ないし20インチの足を持ったこれらの巨大生物が、鳥類であるのか、あるいは三本指の未知の獣類であるのかをめぐる最近の議論に立ち入ることはできない。一人の熱意溢れる天才的な学者のたゆみない努力によって、これらの途方もない足跡に再び命が吹き込まれたことを知るだけで私たちには十分である。そのおかげで、長く失われていた過去が甦ったのである。鳥類であれ、獣類であれ、「太古の砂岩時代の動物たちは、実に奇妙である」。

174

ヒッチコックはコネチカット川流域で多数の古生物の化石を発見している。その中には巨大な三本指の足跡の化石も含まれる。ヒッチコックは絶滅した巨大な鳥類のものと考えたが、没後に恐竜の足跡と認められるに至った。もちろん恐竜が足跡を残したのは1万年前ではないが、当時は知る由もなかった。恐竜は長らく巨大な爬虫類（鈍重な変温動物）と考えられてきたが、1970年代以降、鳥類（活動的な恒温動物）に近いという学説が有力になっている。巨大な鳥類と推定したヒッチコックの直観が、実は正しかったのである。

このパラグラフの結びの "strange indeed, is this menagerie of remote sandstone days." はヒッチコックの別の文章からの正確な引用である（Edward Hitchcock, "An Attempt to Discriminate and Describe the Animals That Made the Fossil Footprints of the United States" in *Memoirs of the American Academy of Arts and Sciences*. New Series. Vol. III. Cambridge MA: Metcalf, 1848, p. 251）。亡き恩師ヒッチコックへの敬意あふれる結び方である。

このコネチカット川流域の地質学に関するトッドの文章を読んでいると、この時点よりわずか10年前、ヒッチコックが没して17年後の1881年に初めてこの地方にやって来た人物の文章とはけっして思えない。トッドが文体の調整はしているだろうが、馬車の手綱を握っている人物が書いた原稿に基づいているとしか考えられない。

トッドは1887年の日本旅行以来、夫の日蝕観測旅行に同行するたびに紀行文を書き、*Nation* や *Century* といった雑誌に寄稿するようになるが、その彼女名義の文章には、天文学の専門知識に基づく一節もしばしば含まれる。夫のデイヴィッドとの事実上の共著であることは明白である。すなわち、共著形式で書くことに彼女は熟練しているのである。

（5）馬車の行方

最後から2番目のページの一節と最後のページに掲載された写真を見てみよう。

> The <u>two travellers</u>, whose glance backward over the long history of the fertile region they were passing so happily through had filled the whole golden afternoon, were now approaching the primitive and picturesque ferry at North Hadley. They hailed the sturdy boatman, who took them slowly across to the lovely Hatfield shore by hand. An idyllic little trip. （p. 31, underline added）

> 　幸福に包まれながら馬車を走らす<u>この二人</u>は、輝かしい午後の間、この肥沃な地方の長い歴史に思いを馳せていたが、いまやノース・ハドリーの旧式でピクチャレスクな渡し場に近づいていた。体格のよい渡し守に声をかけると、渡し守はゆっくりと二人をハットフィールドの岸に渡してくれた。牧歌的な小旅行であった。

冒頭部と同じ "two travellers" がここにも現われ、「幸福に包まれながら馬車を走ら」せている。もうこの二人がメイベル・トッドとオースティン・ディキンスンであることは明白である。

　トッドはこの文章でオースティンとの道ならぬ恋をひそかに（しかし大胆に）記念している。トッド一人ではない、オースティンも加担している。"Introduction" で当時の大学指導者たちに謝辞を呈していることからすれば、大胆というより、挑戦的とも言えるかもしれない。なにしろメイベルとの愛人関係は8年目であり、二人の馬車のデートも人目を憚らなくなっており、町の噂になり大学関係者の耳にも入っていたからだ。ただし、こ

こに描かれた二人の excursion はただのデートではない。絶景ポイントをめぐる、あるいは探索するピクチャレスクの旅であり、カレッジが誇る偉大な学長ヒッチコックの地質学研究の足跡をたどる小旅行であった。たとえ事情を知る者でも、表立って異議を唱えにくかったであろう。

先述のシューアル（Richard Sewall）の伝記（1974 年）や Polly Longsworth 編の書簡集 *Austin and Mabel: The Amherst Affair & Love Letters of Austin Dickinson and Mabel Loomis Todd*（1984）が出る以前のディキンスンの読者も、また研究者さえも、仮にこの *Handbook* の第 2 章を読んでも、背後の事情を想像さえできなかっただろう。夫デイヴィッドとメイベルの夫婦仲睦まじい小旅行と思ったかもしれない。

きわめつけは、最終ページの写真（下）である。

"A Picturesque Ferry." というキャプションが入っている。筆者はこれを初めて目にしたとき仰天した。メイベルとオースティンが写真家を雇って撮らせた二人の写真ではないかと思ったからだ。だとすれば大胆きわまりない。しかし、これは早とちりであった。"Introduction" の末尾に言及のある前年

32　THE HANDBOOK OF AMHERST.

A Picturesque Ferry.

出版の Charles Forbes Warner, *Picturesque Hampshire: A Supplement to Quarter-Centennial-Journal*（Northampton, Nov. 1890）, p. 23 からの転載であった。*Hampshire County Journal* という週刊誌の創刊 25 年を記念する本である。アーマストは当時も今もハンプシャー郡の町（市）である。全 120 頁の本だが、毎頁に 4 枚から 8 枚の写真や挿絵を掲載している。しかし、これを見て、当時のこの地方のありのままの姿を紹介していると思ってはならない。"Picturesque" という形容辞が冠せられていることからも分かるが、産業化以前の面影を残す名所の写真、風景画を集めたものである。当時すでにノスタルジーの対象となっていた。もっとも本文末尾の数十頁は "Manufacturing Industrial Interests of the County" と題して、各種の近代的な工場を紹介し、この地方が時代に取り残された田舎でないことも示している（pp. 83-111）。案内用の地図はないが、ところどころに "A Ride about the Town" とか "A Ride about the County" という小見出しがあり、読者を馬車のドライブに誘っている。メイベル・トッドとオースティン・ディキンスンは、この本を携えて picturesque tour を行なったと筆者は確信している。

　前掲の写真の渡し場はノース・ハドリーとノーサンプトンを結ぶ Hockanum Ferry である。なぜこの渡し場が "picturesque" かと言えば、20 年以上前に、渡河のための蒸気船が就航していたからである。人力の渡し舟はもうとうの昔に時代遅れになり、郷愁の対象だったのである。この渡し場（舟）の写真は多数残っており、絵葉書にもなっている。かなりの名所だったらしい。同じ頃にマウント・ホリョークを背景にして撮影したもっと鮮明な写真が次頁である。

　マウント・ホリョークにはサミット・ハウス（ホテル。1851 年建設、61 年増築）が建ち、中腹からそこへ登るケーブルカーが設置されているのが分かる（1854 年建設）。川岸から中腹ま

Mount Holyoke from Hockanum Ferry (by Clifton Johnson)
1880 年代末 （public domain）

では軽便鉄道が敷かれていた。ここも人気の観光名所であった
（現在は車で登頂できる）。

　渡し舟の舳先に立っている身なりのよい紳士は、馬車に乗っ
たままの白い服の婦人の連れ（夫）であろうが、筆者の眼には、
どうしてもオースティンとメイベルに見えてしまう。

　アーマストの町を出た愛し合う二人は西に向かって馬車を走
らせ、農場が点在する田園地帯を抜け、コネチカット川河岸の
古い渡し場から、旧式の渡し舟で馬車ごと対岸（右岸）に渡し
てもらう。そのままノーサンプトンの町をめぐるのか、南のマ
ウント・トムを目指すのかは分からないが、いずれにせよピク
チャレスクな風景を探し求める楽しい馬車の旅（excursion）は
いつ果てるともなく続く。

　先述したように、トッドは *Handbook* 出版前年の 1890 年にディ

キンスンの最初の詩集 *Poems of Emily Dickinson* を出版している。そこには "Because I could not stop for Death -" が（第 4 連を欠いてはいるが）収められている（pp. 138-39）。

この馬車の小旅行中、メイベルとオースティンはエミリのこの詩を想起していなかっただろうか。偶然かもしれないが、先に引いた *Handbook* 冒頭部分には "In the eyes of two travellers, driving leisurely along this lovely way,..." とあった（162 頁）。この "driving leisurely" は、筆者には、この詩の 2 連目 "We slowly drove - He knew no haste / And I had put away / My labor and my leisure too, / For His Civility -" を思い出させてやまない。もしこの推測が正しければ、*Handbook* 第 2 章のエンディングは、この詩についての彼ら二人の解釈を反映しているだろう。それはどう考えても、墓場に埋葬される終わり方ではない。

二人のそれぞれの法律上のパートナーには気の毒な想像だが、メイベルとオースティンは、至福の馬車のデートの終わりに、この詩のエンディングと同様の時間超越が起こることを空しく夢想したかもしれない。エロス／クピドの技はなんとも残酷である。

　　註　（1）第 3 章 "A Few Delightful Drives" は、アーマストから馬車で日帰りで快適に訪れることができる観光名所、絶景ポイントを紹介している。文体が第 2 章と酷似し、"picturesque" の語も 3 度出てくる。執筆者は明らかにピクチャレスク美学の信奉者である。無署名であるから、"Introduction" に名前の挙げられた中の誰かの執筆ということになるが、まず間違いなくオースティン・ディキンスンであろう。そしておそらくはメイベル・トッドも協力している。つまり第 2 章と第 3 章は二人の事実上の共著ということになる。

　　タイトルに "A Few" とあるが 10 箇所以上を紹介している。ほとんど全てが、二人が "picturesque tour" で訪れた場所であろう。

その意味ではこの章もメイベルとオースティンの愛を密かに記念していると言える。記述が数行の場所もあるが、Belchertown 北部の Pansy Park についての記述が長い（pp. 42-44）。多種多様な花々を育てる植物園であった。とりわけ世界各地から取り寄せた蓮が浮かぶ池に執筆者（たち）は魅せられたようである。メイベルとオースティンお気に入りの場所だったように感じられる。47 頁には "... the great lake which once spread over this portion of the Connecticut River." という先述した幻の地質学上の湖 Lake Hitchcock への言及もある。

　（2）　前掲（序章末尾）の Julie Dobrow, "Eclipses, Ecology, and Emily Dickinson: The Todds of Amherst"(p. 242) によれば、メイベルは森林保護活動にも熱心で、1909 年、アーマストの西に位置する Mount Orient（291 m）の頂上一帯の 80 エーカーを伐採から守るために購入している。マウント・ホリョークを一望できる。ここもオースティンとの思い出の地ではなかっただろうか。1961 年、娘 Millicent Todd Bingham からアーマスト・カレッジに寄贈され、現在 "Mabel Loomis Todd Forest" と呼ばれている。

初出一覧

大学出版部、1995 年 3 月、pp. 111-53.）を大幅に改
稿した。

終　章　メイベル・トッドの馬車
　　　　日本エミリィ・ディキンスン学会、2016 年度大会（7
　　　　月 9 日［土］、慶應義塾大学日吉キャンパス）のシン
　　　　ポジアム「Mabel Loomis Todd をめぐって」（大西直樹、
　　　　朝比奈緑、江田孝臣）の口頭発表原稿を大幅に改稿
　　　　加筆した。

あとがき

　3冊目の単著を上梓することになった。

　主たる動機は、1冊目の『エミリ・ディキンスンを理詰めで読む』（春風社、2018年）の第2章「ランプとしての詩——詩人は消えたのか」の続編を書きたかったからである。これを本書の第1章「ディキンスンの物理学」とした。お読み頂ければ分かるが、ランプの正体を明らかにしたつもりである。リサーチの過程で、ディキンスンが19世紀に発達した物理学、とりわけ光の波動説および電磁気学に通じていた可能性に気づくことになった。十分な文献的証拠によって、このことも論じている。これはけっして奇矯な発想ではない。21世紀に入って、合衆国のディキンスン研究でも同様の着眼点を持つ論文が次々に現われている（序章参照）。

　　註　フレッド・ホワイトは1992年の先駆的な論文で、"Few poets in the twentieth century, let alone the nineteenth, have incorporated scientific concepts into their work as purposively and effectively as Emily Dickinson." (p. 121) と述べ、ディキンスンと19世紀科学という研究の地平を開こうとしている。その詩の分析自体はやや凡庸だが、ディキンスンの「科学詩」をジョンソン版の詩番号で列挙した "APPENDIX" (pp. 126-27) は有用である。Fred D. White, "Skepticism of the Heart: Science in the Poetry of Emily Dickinson," *College Literature* , Feb., 1992, Vol. 19, No. 1 (Johns Hopkins University Press, 1992), pp. 121-28.　(https://www.jstor.org/stable/25111948)

　電気と磁気の存在は古くから知られていた。しかし、これら2つの物理現象に相互的な関係があることが知られ、数式化されるのは19世紀になってからである。アンドレ゠マリ・ア

ンペール（André-Marie Ampère, 1775-1836）による、いわゆる
「右ネジの法則」の発見（1820年）と、マイケル・ファラデイ
（Michael Faraday, 1791-1867）あるいはジョセフ・ヘンリー（Joseph
Henry, 1797-1878）による電磁誘導（electro-magnetic induction）
現象の発見である（1830-31年）。これらの発見によって電気
と磁気が別々のものではなく、ひとつの物理的な力（force）の
現われの、いわば表と裏であることが分かってくる。19世紀
半ばに生きる人々は、作家・詩人も含め、皆よく知っていたは
ずである。なにしろ発見されたばかりの不可思議きわまりない
現象だったからである（現代人の誰もがDNAやブラック・ホー
ルについて、なにがしか知っているのと同じである）。ここか
ら電磁気学が発達し、ジェイムズ・クラーク・マクスウェル
（James Clerk Maxwell, 1831-79）によって数学的に体系化される。
19世紀末には「マクスウェルの方程式」が予言した電磁波の
存在が証明され、また、光が電磁波の一種であることも判明し
た（電磁気学と光学が合流する）。

　物理学では常識なのだが、アインシュタインの特殊相対性
理論（1905年）は、19世紀を通して発達し、マクスウェル
によって体系化された電磁気学の直接の産物である。そのあ
たりの経緯を理解してもらう補助線として、第1章に先行す
る序章「時をかけるエミリ・ディキンスン」では、有名な詩
"Because I could not stop for Death -" (F 479 / J 712) に見られる相
対性（relativity）を、アインシュタイン的な観点とガリレイ的
な観点の両方から論じている。前者にはやや理系的「遊び」も
含まれるが、後者における詩の解釈については筆者は大真面目
なつもりである。

　第2章「天文学と自己信頼——エマソンの「モナドノック」」
は、長詩「モナドノック」に19世紀天文学の最新の知見が見
出せることを契機に、この詩がエマソン哲学の支柱というべき

「自己信頼」の思想に直接つながること、さらには「自己信頼」がホイットマンの長詩「インド航路」と短詩「おお魂よ、勇気があるか」に接続することを論じている。

　第3章「時空を超える贈与交換——ソローの「冬の池」と氷貿易」は、19世紀の科学というよりは、それに基づくテクノロジーを駆使した冒険的資本主義を主題としている。核となるのは『ウォールデン』の最後から3番目の章「冬の池」の有名な最終段落の分析である。現在のソロー研究ではエコクリティカルな視座が主流であるが、ここでは反時代的・ロマン派的な詩人でもあるソロー像への回帰を試みた。

　第4章「四次元への飛行——ハート・クレインとホイットマン」は、30年以前に書いた稚拙で長々しい論文を基にした代物である。内容はそのままに、文章に大鉈を振るったつもりだが、それでも依然として長い。利用している文献も当然古い。しかしながら、クレインの『橋』を構成する最長詩篇「ハテラス岬」における数学的な次元超越を論じており、これは第2章で触れたエマソンの「自己信頼」の思想に通底している。また、同章末尾で引いたホイットマンの「インド航路」をも論じている（第4節）。つまり、読もうと思えば第2章とペアで読める。したがって、本書に入れるのも悪くはなかろうと、あえてゾンビのように復活させた。クレインとホイットマンに詳しい方は、第5節と第6節をお読み頂くだけで十分である。

　終章「メイベル・トッドの馬車」は、ディキンスンの兄オースティンの愛人であり、最初のディキンスン研究者でもある作家メイベル・ルーミス・トッドの手になる散文小品とそれを掲載した謎めいた本について論じている。やや煩雑な最初の部分を我慢して最後までお読み頂ければ、この終章の末尾がウロボロスのように序章に接続していることが分かるはずである。ディキンスン兄妹の学問上の師であるエドワード・ヒッチコッ

クの地質学とピクチャレスク美学にも触れている。特にディキンスンに関心のある読者には、序章、第1章、終章を続けて読むことをお勧めする。

　本書を企図するに当たって、鷲津浩子著『文色と理方──知識の枠組み』（南雲堂、2017年）に大いに励まされたが、その博覧強記には遠く及ばない。

　引用テクストにはできる限り和訳を付した。特に断りがない場合は、拙訳（筆者訳）である。第2章では、引用したエマソンの散文の大半に酒本雅之訳（『エマソン論文集』上下巻、岩波文庫、1973年）を使わせて頂いた。

　ドキュメンテーション（文献明示)の形式については、第2章、第3章はアメリカ合衆国の学術団体 MLA（Modern Language Association）が奨励している形式におおむね従っているが、他の章では本文中に埋め込むか、あるいは当該段落の直後に置いた「註」に含める形にしている。本文を補足する「註」もまた、脚註や後註ではなく、当該段落の直後にポイント落とし、右寄せした形で置いている（上掲の註の形式を参照されたい）。

　前2著およびルイーズ・グリュック著『アヴェルノ』の翻訳に引き続いて、今回も永瀬千尋さんに編集を担当頂いた。文理の境を往来する論文の細部に至るまで綿密に読んで頂き、大いに助けられた。索引作成でもご苦労をお掛けした。厚くお礼お申し上げる。また、数式の出て来る序章については、数学に詳しい倉田麻里さん(多摩美術大学非常勤)にチェックして頂いた。

　装丁は『アヴェルノ』に引き続き、毛利一枝さんにお願いした。希望通りの出来上がりでした。

　　　　　　　　　2023年7月7日

　　　　　　　　　　　　　　　　　　江田孝臣

索引

は

194

わ

【著者】江田孝臣（えだ・たかおみ）
早稲田大学名誉教授。アメリカ文学（詩）研究者。
1956年、鹿児島県に生まれる。
1979年、千葉大学人文学部卒業。
1985年、東京都立大学大学院博士課程人文科学研究科英文学専攻退学。

著書
『エミリ・ディキンスンを理詰めで読む──新たな詩人像をもとめて』（春風社、2018年）、『『パターソン』を読む──ウィリアムズの長篇詩』（春風社、2019年）。訳書：ルイーズ・グリュック『アヴェルノ』（春風社、2022年）、D・W・ライト編『36 New York Poets ニューヨーク現代詩36人集』（思潮社、2022年）。共訳：D・W・ライト編『アメリカ現代詩101人集』（思潮社、1999年）。

時空をかける詩人たち
じくう　　　　　　　　しじん
文理越境のアメリカ詩論
ぶんりえっきょう　　　　　　しろん

2023年11月1日　初版発行

著者	江田孝臣 えだ たかおみ

発行者	三浦衛
発行所	春風社 Shumpusha Publishing Co.,Ltd.
	横浜市西区紅葉ヶ丘53　横浜市教育会館3階
	〈電話〉045-261-3168　〈FAX〉045-261-3169
	〈振替〉00200-1-37524
	http://www.shumpu.com　✉ info@shumpu.com

装丁	毛利一枝
印刷・製本	シナノ書籍印刷株式会社